在阅读中展开，人生的可能

CONTENT
肯特文化

徐李佳
任志莉 著

# 时味口
# 四五入

食物、人
和自然
的关系

北京联合出版公司
Beijing United Publishing Co.,Ltd.

图书在版编目（CIP）数据

四时五味入口：食物、人和自然的关系 / 徐李佳，任志莉著. -- 北京：北京联合出版公司，2018.3
ISBN 978-7-5596-0918-2

Ⅰ．①四… Ⅱ．①徐… ②任… Ⅲ．①随笔—作品集—中国—当代 Ⅳ．① I267.1

中国版本图书馆CIP数据核字（2017）第215068号

四时五味入口：食物、人和自然的关系

| 作　　者：徐李佳　任志莉 | 选题策划：肯特文化 |
| 出版统筹：柯利明　林苑中 | 特约监制：郭凤岭 |
| 责任编辑：龚　将　夏应鹏 | 特约编辑：杨　洋　聂福荣 |
| 特约校对：马竟芳 | 营销推广：刘　源 |
| 责任印制：法成海 | 封面设计：李　琳 |
| 版式制作：吴　倩 | |

北京联合出版公司出版
（北京市西城区德外大街83号楼9层　100088）
北京兴湘印务有限公司　新华书店经销
字数243千字　880毫米×1230毫米　1/32　12印张
2018年3月第1版　2018年3月第1次印刷
ISBN 978-7-5596-0918-2
定价：68.00元

未经许可，不得以任何方式复制或抄袭本书部分或全部内容
版权所有，侵权必究
本书若有质量问题，请与本公司图书销售中心联系调换。电话：010-69737280

应季饮食，就是饮食应顺应时节，不同时节食用不同食材。本书作者深谙四季食材对人体的影响，按照二十四节气的顺序，从传统文化中溯本求源，寻找食物、人与自然的关系，并将应季食材编成四季食单，配以大量精美图片和操作步骤指导，给读者提供传统文化与现代美食的双重体验。

本书作者Olivia、Ray均是1975年生人，18岁相识于大学，20余年闺蜜，彼此见证了人生中的喜怒哀乐，命运中的生老病愁。四十不惑之年，她们决定做一件"美好的小事"，共同创建"四时五味入口"微信公众号，结合二十四节气，用小而精的美食，致敬自然，讲述人与自然的关系。

# 目录

## 二十四食记 · 001

**立春**
- 味至浓时是家常 · 004
- 12道年菜之：四冷菜 · 006
- 12道年菜之：热菜及点心 · 011

**雨水**
- 让一切幸福相遇 · 020
- 黄鱼冻饭 · 022

**惊蛰**
- 春是先天下鲜 · 026
- 腌笃鲜 · 030

**春分**
- 春，就是新鲜嘢！· 034
- 鲜鱼春汤 · 041

**清明**
- 花都开好了 · 044
- 樱花水信玄饼 · 046

**谷雨**
- 一生一世　茶余饭后 · 052
- 茶泡饭 · 055

○ 立夏
红了樱桃　绿了芭蕉·064
葱油蚕豆·068
乌米饭·072

○ 小满
生活高潮之所在·076
秘汁鲜浆小龙虾·080

○ 芒种
煮一杯盛夏的果饮·088
芒种时节祛湿果饮·090

○ 夏至
日与夜互消长·096
夏至三候面·099

○ 小暑
甜蜜的冰雪·110
消暑缤纷水果冰·113

○ 大暑
爱无永恒　藕有例外·120
红烧藕圆·127
凉拌藕丁·129

○ 立秋　总要有些随风　有些入梦
　　　　有些长留在心中·132
　　　　荷叶粉蒸肉·136

○ 处暑　与炎凉相遇·142
　　　　橙香鸭脯小米糜·145

○ 白露　秋水　成全相思·152
　　　　桃胶银耳冰糖炖雪梨·157

○ 秋分　一叶落而知天下秋，你就做花朵·162
　　　　桂花椰蓉千层糕·164

○ 寒露　用祛寒的名义问暖·170
　　　　赛螃蟹·175

○ 霜降　爱无是非·180
　　　　糖霜闪电泡芙·184

○ 立冬 | 春去冬来只为一个暖暖的理由·192
暖冬羊糕·194

○ 小雪 | 最好的养生是做一个天真的人·200
初冬蔬菜总汇·204
雪球核桃布朗尼·209

○ 大雪 | 不愿一夜之间白头·214
雪顶栗仁蒙布朗·218

○ 冬至 | 分一碟相思豆　冬至送轻舟·226
相思五彩小汤圆·230

○ 小寒 | 就做一个性情中人·236
一碗软心肠的腊八粥·243

○ 大寒 | 把每个朴素的日子都过成良辰·248
白雪穹顶巧克力熔浆蛋糕·254

## 二十四食记增补篇·259

○ 上元
荠菜汤圆　天下去得·262
荠菜汤圆·265

○ 二月二　龙抬头
昂扬饱满　沐春向前·270
酱汁肉　春天餐桌上的胭脂·273

○ 复活节
生生不息是复活的意义·280
复活节彩蛋麦芬·282

○ 大师文食
莎士比亚的权力与爱情·288
马苏里拉芝士司康·291

○ 七夕
梦之浮桥 A La Claire Fontaine·300
法式经典甜点　覆盆子费南雪·305

○ 中秋
所谓圆满
就是一次完整的历程·314
意式经典甜点　月光组曲·马卡龙·317

○ 万圣节
相信
那些值得想念的灵魂
是甜的·326
创意美式甜品　无忧南瓜双派·328

○ 感恩节
担当盛情　匹配美意　不辜负自己·338
一个人完成的火鸡盛宴·340
土豆芝士杯·347

○ 圣诞节
神不为许你　而与你为伴·352
圣诞节经典甜品　雪顶姜饼小屋·356

# 序:我在等 水慢慢开

于和伟

我坐在雨中的檐下。

东北夏天的暴雨骤急,雷声横滚过天脊,烈雨脱缰,快蹄奔突;其声如鼓如金,急进急离,铿锵磅礴。像是给一个要去远方的人鼓劲。

我坐在姐姐家门前屋檐下看雨,如挂珠帘,如悬明线,涓涓汲汲又滴滴漓漓。急雨一下,也就决定不出门了,心反倒不急了。

姐姐于是进屋里包起了饺子。此刻的她仿佛是个武林高手,以意驭气,点水蘸粉,摊皮裹馅,指肚一捏二拢间,饺子在她手掌手指间,呼之即出,个个挺胸抱肚封着满满敦敦的馅,沉甸甸排成行。

饺子是姐姐想念我的家书,所有寒暖疼惜,此刻都知而不言。

锅里煮着水还是安静的。我守在姐姐对面。我在等,水慢慢开。

朋友圈。二三个老同学回母校。一千八百千米外的上海,此刻竟也是迎头一阵雨。雨,是夏季的特产,南北不异。老同学们"晒"出雨中即景说:一回家,雨就来留我们。母校是家,一样是在雨下、檐下,可以将此身此心安顿之处。

母校——上海戏剧学院老校区在华山路。路的两旁种着法国梧桐，在盛夏荫翳繁荣。它们壮实地从马路两边的人行道牙口倾身起立，枝繁叶茂地在路中央梢首相撑，接连成荫。林荫路的两边，或隐或显的众多里弄，栉比着旧时上海开埠时起的名园私邸。太多名人往事在这里际会流散，正是人生戏梦。

不过那些洋楼公寓花园里的逸闻轶事，对我而言，都已是道听途说。不及在弄堂老阿姨的小吃店喝到的人生第一碗绉纱小馄饨那般记忆犹新。

在东北长到二十几岁，我和馄饨不熟。想着和饺子差别不大，不过一个皮是方的，一个是圆的。更何况馄饨皮吃上去远没有饺子那么亲热。上海同学听闻，便说要请我去尝尝现包现吃的绉纱小馄饨。

那家小吃店，就是弄堂民居破墙开出一小间门面。老阿姨穿着围裙戴着套袖，右手边一碗鲜肉馅，左手边一摞几乎半透明的小馄饨皮。一手捏着根雪糕棒，往肉馅里一挑，那边手指尖轻捻，馄饨皮滑到掌心，雪糕棒头的肉馅粒往皮里一送，五指旋尔一握，蝉身般大小的一朵小馄饨就生成了。掌心一松，落在膝盖上蹲着的汤碗里。一满15只，就由小工往后半间的滚水锅边端去。小馄饨投进滚水，空碗里冲入滚烫的鸡汤，化开小半勺盐、猪油，一小撮葱花、榨菜碎和紫菜片，几丝金黄的蛋皮进碗，这时滚水里的小馄饨也就出锅了。——鲜肉馅粉嫩地在薄如蝉翼的馄饨皮里若隐若现，进了鸡汤里，如绉纱展开，食色生香，其味不是用来充饥，确实是诱人。那是我第一次见识食物如此性感。

大江大河南下，我在这里初见江南。林荫道的华山路，弄堂里有故事的房子,和一碗如轻蝉空游的绉纱小馄饨,如同情诗般,相思一点,似无还有。从这里开始的戏与梦,从此与我生命相沁。

东北和江南的急雨,在把归人留住后,随风云散去。快雨时晴,天地间清澈安宁。

接到李佳的信息。她和大学同窗闺蜜2016年合作的文艺美食公众号"四时五味入口",历时一年以现代料理的表达方式,用小而美好的食物和文字,联袂创作了关于"二十四节气"的二十四食记。很快就要结集出版了。

作为这个公众号的读者之一,我喜欢她们在这里以食物记述人和自然的关系,人对社会的表达,人与生活的态度。

李佳问我,可以写一篇你所理解的时光与食物的漫笔作为书序吗?
我说,好啊。此刻正好。
我坐在姐姐的对面,饺子包好了。在等,水慢慢开。
回母校的同学们去找了弄堂里的小吃店。小馄饨包好了。在等,水慢慢开。

2017年8月7日立秋

# 二十四食记

—立春—雨水—惊蛰—春分—清明—谷雨
—立夏—小满—芒种—夏至—小暑—大暑
—立秋—处暑—白露—秋分—寒露—霜降
—立冬—小雪—大雪—冬至—小寒—大寒

○ 立春

# 味至浓时是家常

12道年菜之：四冷菜

12道年菜之：热菜及点心

## ○ 味至浓时是家常

进入腊月以后，Ray 就开始忙碌起来——准备年菜。

于是我想，不如我们把这些家常年菜用影像记录下来吧。这些小菜，是一个五口之家的家常。没有一道菜是所谓大菜，也没有一道制作起来很难。

Ray 喜欢做酿菜。酿，其实是一种很简单的做菜的方法——在食材里填入馅心，就可以交相出不一而足的滋味。家常酿菜，让我觉得就像用食物在写一封家信，以馅心作文，油盐句读，酱醋标点。以烹饪为"信封"，从我的手心寄往你的舌尖。

那些可以言说，或者不必言说的爱。思念是烹饪，相见是一桌家常。

其味，妙不可言。

鲜、咸、香、辣，肴传天下。天下有那么多菜系，那么多烹饪传承，百味千家。——但，味至浓时是家常。家常是米面糕馍的实诚，家常是清粥酱瓜的随意，家常是浓油赤酱的宠溺，家常是老酒小菜的坦荡。

家常是那个你思念的、离开的地方,家常是那个你盼望着、要回去的方向。

过年这件事,是人类发明的时间布局。其实时间自己本不会有断点,是我们用"年"把无限延长的时间线,打成生命中一个个记事的绳结,这绳结在除夕用一桌桌少长咸集的家宴,记录年复一年不变的主题——团圆。选佐料熬成酱汁,焙小火煨熟饱满——讲究的家常菜,万变不离其宗的功夫是——花时间。时间,相信苦尽甘来;时间,用星星之火,积蓄热烈。

时间是似水流年,时间是烟火人间。

## 12 道年菜之：四冷菜

○ 桂花糯米藕

【食材】

莲藕：1 节　糖桂花：45 毫升　糯米：1 碗

【做法】

1. 糯米洗干净后用水浸泡 8 个小时。

2. 莲藕洗净用刀刮去外皮，切掉一头连蒂约 2.5 厘米长的段留做盖子，切口略倾斜 30 度角，更容易填入糯米。

3. 将浸泡好的糯米填入莲藕孔内，一边填一边用筷子捅一捅使其填扎实，填满后盖上蒂盖，再用几根牙签插入固定封口。

4. 将填好的糯米莲藕放入蒸锅中，大火蒸煮 1 个小时至全熟。

5. 拿出蒸好的糯米藕晾凉，用刀切片摆在碟中，食用前淋上糖桂花即可。

6. 入冰箱冷藏后风味更佳。

○ 卤牛腱

【食材】

牛腱肉：约1斤　香叶：4~6片　八角：1颗　桂皮：1片　花椒：数粒

姜片：6片　小葱：打葱结　冰糖：4粒　盐：少许（依个人口味）

料酒或米酒：适量　老抽：适量　生抽：适量　香油：少许　香菜：少许

【做法】

1. 牛腱洗净，煮半锅开水焯去血沫。

2. 料酒或米酒：老抽：生抽比例为1:1:1，将所有卤料一起放入加有水的大锅中，放入牛腱肉。

3. 大火烧开转小火煨3至4小时。

4. 卤好的肉取出切片，食用时淋上香油，拌上香菜。

○ 苏式熏鱼

【食材】

草鱼：1条　黄酒：10克　生姜：切小块用菜刀拍扁

盐：少许　玉米油：适量

酱汁材料：

水：1000毫升　冰糖：15克　老抽：10克　醋：5克　花雕酒：10克

葱：适量　姜片：适量　香叶：2片　八角：1颗　白胡椒粉：少许

【做法】

1. 将草鱼洗净去鳞去内脏，切成1.5厘米左右厚度的片状，吸干表面水分，表面抹少许盐，放入黄酒，几个姜块，腌制30分钟去腥。

2. 起油锅，中火加热至160℃~180℃，放入准备好的鱼片炸制。

3.每片鱼片在油中炸至稍硬、微黄,再翻一面继续炸。过程中千万不要随意翻动,鱼肉没有炸好一翻就散开了,不容易成形。

4.待到两面都炸成深金黄色,鱼肉变硬不变形,就炸好了。捞起,略控油,趁热放入酱汁。入蘸汁后,由于高温鱼片会发出"吱啦"一声,静置一段时间吸足酱汁,然后捞出沥一下潮湿的料汁,放入盘中。

5.油温持续加热,等温度二次拉高到180℃~200℃,再次将鱼片放入进行复炸,约1分钟至表面酥脆,即出锅,再度蘸取酱汁。

6.晾凉即可。

7.另起一口锅,制作酱汁:

将姜片、葱、老抽、花雕酒、水倒入锅中,放入冰糖、盐、香叶、八角、白胡椒粉调味。小火煮开即可。

○ 素什锦菜

【食材】

菠菜　胡萝卜　油豆腐　冬笋　千张丝　香菇　金针菇　黄豆芽
黑木耳　黄花菜　食用油、麻油：适量　盐：适量

【做法】

1. 所有材料洗净，切丝切寸切长段。冬笋先过水焯一下去除涩味。

2. 胡萝卜、冬笋同炒，炒的时候多放一些油有助于胡萝卜素释放。

3. 香菇、黑木耳、金针菇、黄花菜同炒，可略放一点盐、生抽。

4. 油豆腐、千张丝同炒。

5. 菠菜焯水，焯水时在水里放一点盐和油，可以保持颜色鲜亮。

6. 炒完后另取一口锅，加少许油，把炒好的所有菜依次加入，最后加黄豆芽，一起拌炒，依据个人口味加入适量的盐，翻炒均匀。

7. 出锅前淋入少许麻油，调节口味。

## ···○ 12道年菜之：热菜及点心

○ 百叶结红烧肉

【食材】

五花肉：500克（选取层次分明的五花肉块） 冰糖：5粒 盐：3克
黄酒：10克 老抽：10克 生抽：20克 水：适量 油：适量
葱姜：适量 香叶：2片 八角：半颗 百叶：200克（打好百叶结）

【做法】

1. 五花肉先焯水，焯水时加黄酒、姜片去腥。

2. 焯完水取出切成麻将大小的肉块。

3. 锅里入适量油（不需要太多），加入冰糖炒出糖色，迅速把肉块放入锅中，翻炒上色至均匀。

4.锅中加入少量老抽、生抽(比例为1∶2)，黄酒2勺，葱姜若干，香叶，八角，加水没过五花肉，文火煨3个小时后，加入百叶结，继续煨1小时即可。

○ 橙香虾仁

【食材】

虾仁：400克　鸡蛋清：1个　淀粉：适量　橙子：6个　米酒：1勺

生抽：1勺　蚝油：1勺　白醋：1勺　糖：2勺　水：少许

腰果：3~4颗（压成细碎颗粒）　香葱末：适量　油、盐：适量

【做法】

1. 将橙子洗净，用花刀沿着橙皮刻出花纹，将橙子分成上下两部分，小心取出橙肉，橙碗备用。

2. 取出的橙肉，一半榨汁，一半去掉橘络后切成1厘米左右的小块。

3. 虾仁洗净，同样切成1厘米见方的虾仁丁。用鸡蛋清、适量淀粉、少许盐，先浆一下。

4. 热炒锅，倒入适量的油，将香葱末煸出香味，倒入浆好的虾仁滑炒。

5. 虾仁断生后，依次加入米酒、生抽、蚝油、白醋、糖略炒一下，然后加入橙汁、少许水。

6. 快速翻炒至汁水浓稠，倒入橙肉丁，翻炒两下即可出锅。

7. 装盘的时候以橙子皮为碗，盛入虾仁后，上面点缀腰果碎即成。


○ 大红大紫酸奶布丁

【食材】

蓝莓：125克　草莓：125克　牛奶：30克　原味酸奶：30克

绵白糖：20克　吉利丁粉：5克

【做法】

1. 蓝莓、原味酸奶、绵白糖倒入碗中，用搅拌器搅拌成泥。

2. 牛奶加热后，倒入吉利丁粉搅拌至溶化。

3. 把牛奶倒入碗中，一起搅拌均匀。

4. 小心装入布丁碗中，放入冰箱冷藏2小时以后即可食用。

草莓布丁制作过程同上。

○ 苦瓜酿肉

【食材】

猪肉糜：500克　苦瓜：2~3根　料酒、生抽、盐：适量

鸡蛋：1个　香葱末、水淀粉：适量　枸杞：9~10粒　油：适量

【做法】

水淀粉　枸杞

1.苦瓜洗净，切成5厘米宽的段，用小勺掏出里面的瓤，小心清理干净里面的白色瓤肉以减轻苦涩味。

2.猪肉糜中加入料酒、生抽、盐、香葱末，朝一个方向搅拌，使其上劲，

最后打入一个鸡蛋，搅拌均匀，稍腌 10~20 分钟。

3. 用筷子将肉馅小心填入苦瓜圈中，入蒸锅，大火蒸 10 分钟。

4. 将蒸好的苦瓜装盘，在中心点缀上泡好的枸杞，把蒸苦瓜剩下的汤，入炒锅放油、水淀粉勾芡，淋在苦瓜圈上即可。

○ 辣子鸡翅

【食材】

鸡翅：约 20 个　干辣椒：50 克（怕辣就减量）　花椒：一把

葱：适量，切大段　姜：适量，切大片　蒜：适量，拍扁　八角：1 颗

香叶：4~6 片　芹菜：6 根　料酒：适量　糖：适量　盐：适量

豆豉辣椒酱：适量　酱油：适量

【做法】

1. 鸡翅洗净，在表面用刀划两三道，帮助入味。

2. 用料酒、盐、葱、姜腌制 2~4 小时。

3. 干辣椒洗净后，切成 1 厘米长的段，并用漏勺去除辣椒籽。

4. 不粘锅加热，把腌好的鸡翅皮朝下放进去煎制（这一步不用放油，要把鸡皮里的油煎出来），鸡翅要煎透，一面煎成金黄色再翻另一面，不要频繁翻动。

5. 把鸡翅完全煎熟透，待鸡皮里的油完全析出，鸡皮煎得脆香，颜色变成金黄色后捞出。

6. 锅内留鸡油，小火爆香葱姜蒜，加入花椒、八角和香叶继续同炒。

7. 加入干辣椒，翻炒均匀，这时香料的浓烈味道会随着翻炒不断飘出。

8. 加入煎好的鸡翅，稍稍翻炒后，加入料酒、糖、盐、豆豉辣椒酱、酱油，如果觉得干，可以加一点水。所有食材翻炒均匀，鸡翅上色入味。

9. 加入芹菜段翻炒至断生，辣子鸡翅就完成了。


○ 苏式暖锅——蛋饺

【食材】

猪肉馅：半斤　鸡蛋：6个（1个用来拌馅，5个做蛋饺皮）

色拉油：2勺　猪白肉：1块　生抽　葱末　姜末　盐：少许

暖锅的材料：

蛋饺　和风吉品鲍鱼　明虾仁　鱼丸　火腿切片　黑木耳　金针菇

香菇　菠菜　娃娃菜　白萝卜

【做法】

1. 猪肉馅先用生抽、葱末、姜末、少许盐拌匀,用手朝一个方向搅拌使上劲,最后打入一个鸡蛋,抓匀后备用。

2. 鸡蛋完全打散成蛋液后,加入两勺色拉油打匀,最后做出的蛋皮不易粘勺。

3. 用小火(整个蛋饺的制作过程始终保持小火)将不锈钢圆汤勺加热,用猪白肉块在勺内擦一遍,这时猪白肉遇高温就会冒出猪油并冒烟,把勺置于火眼上方,加一汤匙蛋液在勺内,迅速地转动手腕让蛋液均匀遍布整个勺面,形成完整的圆形蛋皮。

4. 夹一点肉馅放在蛋皮中间,肉馅不需要太多,这样做出来的蛋饺会形状整齐。用筷子轻轻地揭起一边的蛋皮,轻搭在另一边上,用筷子轻压蛋皮使其黏合,把肉馅封住成饺形,定型几秒钟后,即可移出放在盘中。

5. 相同的流程制作下一个蛋饺,直到用完所有的肉馅和蛋液。

○ 太极八宝饭

【食材】

白圆糯米　紫糯米　猪油　白砂糖　红豆沙　红枣　莲子　熟核桃仁　杏干　金丝蜜枣　葡萄干

【做法】

1. 白圆糯米、紫糯米分别洗净泡 8 小时后,入电饭煲煮熟,趁热拌入白砂糖和猪油。

2. 取一圆底玻璃碗,碗内刷上薄薄一层猪油,底部先用白圆糯米、紫糯米摆出太极的形状。

3. 在中间填入红豆沙,一边填一边用手压实。

4. 在底部铺上所有准备好的蜜饯、干果,同样一边铺一边用手压实压紧。

5. 入蒸锅大火蒸15分钟后取出,倒扣装盘,用红枣和莲子装饰太极图案即成。

雨水 | 让一切幸福相遇

黄鱼冻饭

## ○ 让一切幸福相遇

正月中，天一生水，东风解冻，散而为雨。

今天是二十四节气中的第二个节气——雨水。节气，虽然都以立春开首，但有时候在新岁的正月头，有时候在旧年的腊月尾；丙申年的正月就开始在立春之后，所以雨水也就成了农历年过的第一个节气了。

雨水是春的信使，这个节气一过，春天就真的要回来了。

雨水这天，Ray 和 Olivia 推荐吃一碗饭——鱼冻饭。
水初凝为冰，凝壮为冻。冻，如同数九隆冬。
解冻，就是春来了。

冻，作为一种烹饪技法，就是通过熬煮出食材里的油脂或胶质，再凝结为冻，把每一味食材的醇厚香浓，经过去肥解腻，去芜存菁。

鱼冻的制法并不复杂，Ray 这次选用的是大黄鱼。"正月里，大黄鱼。"听着就觉得吉利。据记述吴中风物较早的地方志《吴地记》所述,早在吴王阖闾年间,苏州人就能吃到来自东海的大黄鱼——那可是两千五百年前。

鱼冻,鲜美。

扠一勺,置于热气升腾的米饭上,鲜味解冻,滋润渗透。土地上谷物的成熟美好,与江河湖海里渔获的新鲜丰盛,在此相遇,如同一切没有擦肩而过的幸福。

雨水后东风解冻,润入大地,草木萌动。

天地朗朗然的,就这样欣欣向荣开去。一岁又春风。

## ◦ 黄鱼冻饭

【食材】

草鱼鳞：约300克　黄鱼：1条约250克　葱：1小把　姜：1块

香叶：1片　八角：1颗　料酒：2勺　蒸鱼豉油：2勺　盐：适量

【做法】

1. 熬鱼鳞冻

取草鱼鳞，洗净，加入葱、姜、料酒、香叶、八角，用两倍的水，小火熬制半小时，待汤汁浓白，用漏勺沥出鱼鳞，滤去杂质，纯取汤汁，备用。

2. 黄鱼料理

黄鱼洗净后，用葱、姜、料酒、少许盐腌渍片刻，焯水去腥；焯水后的黄鱼需要去皮、骨和刺，只取黄鱼肉。

3. 熬汤为冻

拆取的黄鱼肉重新入锅与备用的草鱼鳞熬出的汤汁同煮，可适当调味，Ray 的心得是加少许盐、2 勺蒸鱼豉油，既能吊出黄鱼本身的鲜美，又可以给黄鱼冻着色和入味。大火煮沸后，小火慢熬 10 分钟后离火。晾凉冷藏，即成。

○ 惊蛰 | 春是先天下鲜

腌笃鲜

## 春是先天下鲜

**惊蛰这两个字是活的**

在二十四节气里,我最喜欢的一个节气名字就是"惊蛰"。

因为这两个字,好像是活的——先是耳朵里仿佛有声响,那声响应当是春雷;春雷像学步的胖婴儿,在云上,兴冲冲踏着敦敦实实的脚步,奔着绊着,虎虎向前扑,一声响就是一步生长。声音渐去,扑鼻而来的是气息,是雨后泥土里从冬眠中翻新出来的青草气。这青草气像是引信,引爆土地里孕藏了一个冬天的新生命。

惊蛰,正月末、二月初,天气回暖,春雷始鸣,蛰虫惊而出走,桃李繁华,鹂鸠啼春。

万物新生、初醒。

## 笋是春天的"菜王"

初春的菜场,因为新蔬野菜拔地而出,品类日益多了,买卖也显得更生气蓬勃。一个寒冷的安静的冬季,就这样和春节一起过去,烟火人间的小日子又活泼泼地从"买汰烧"开始。

关于吃,苏州人的餐桌上最讲究的是时令。这遵循的其实是古礼——孔子说"不时不食",依我看来,这句话的本义并非指美食的要义是食在当季,过候不用,也不是指今天所谓的吃货们当识时物、图口福,一季一产,过季不追。孔子是教人懂得"惜时"。

食物是自然馈赠予人类的生存基本,食物也是人类懂得与自然和谐共处的所有才华的根本。我们应当懂得入口的时鲜美味,是自然界的四时造物,是万物化生。

春笋,是 Ray 在这个时节很喜欢买的时令菜。

笋,算是一年四季都有,这个季节春笋和冬笋都可选食。冬笋做得好,也是家常菜里的"角儿"。比如一碗鲜咸适度、荤素其味交融得体的雪菜肉丝炒冬笋,绝对值得舔盘为赞。但是论及鲜、嫩、脆劲,走口感细腻绵密"斯文"路线的冬笋就稍逊野趣横生的春笋一筹。

所谓雨后春笋,春笋拔尖,正是雨水后、惊蛰间的日子,昂首破土来做春天的"菜王"。

春菜繁荣,要在百菜中"称王",春笋占的是天时地利和人气。

据传唐太宗李世民极爱春笋,以笋宴群臣,象征国运如春,破土新生,大唐天下人才辈出,如雨后春笋。——有了"御宴"的金字招牌,春笋的"王"字头衔,算得上天时地利的"名正"。但是菜到底好不好吃,还真不是皇帝一人说了算的,所以春笋还得与春生的百菜拼拼人气。

在蔬菜族类里,春笋既非清心寡欲,怎么烧都自成一味;又不辛苦生涩,像韭菜荠菜香菜,先味夺人。春笋像个野小子,最适合与有滋有味的肉菜相交,你中有我,我中有你,彼此沁入,鲜美得性感,自然就是春菜里不二的人气王。

而人气王的撒手锏莫过于腌笃鲜。

腌笃鲜,是地道的苏帮菜。这个"笃"字,发的就是吴语典型的舌音全浊音,断断不能字正腔圆地念成 dǔ。

笃字,在这道菜名里是个烹饪方法,就是用小火长时间炖煮的意思。顾名思义,将腌好的咸肉和鲜肉,与春笋一起小火慢炖。

惊蛰——

土地万物,昂扬抬头,生机勃勃。

寻鲜,寻先。

春是先天下鲜。

## 腌笃鲜

【食材】

春笋：300克  新鲜五花肉：500克  精选咸肉：200克

小葱、姜片：若干  优质黄酒：1小盅

【做法】

1. 五花肉洗净，切块，焯水后盛出备用。

2. 咸肉洗净，焯水后切成与五花肉块同等大小备用。

3. 砂锅内加清水、黄酒，将小葱结、姜片、五花肉块、咸肉块一起放入，大火烧开，改小火煮1小时，中间用漏勺撇去浮沫。

4. 加入切成滚刀块的春笋段，再大火烧开，转小火继续煨煮1小时。

5. 小火煨烧至肉块全部熟透，口味咸鲜，汤白汁浓，肉质红白酥肥，笋段如象牙白玉，肉质鲜香浓厚。撇尽浮沫，取走葱结、姜片，即成。

【Ray's Tips】

1. 鲜肉和咸肉都尽量挑选五花肉。

2. 鲜肉和咸肉搭配比例控制在2∶1~3∶1的范围，也可以用火腿替代咸肉。

3. 这道菜完全不用放盐，咸味来自咸肉，根据个人口味增减咸肉量。

○ 春分

春,就是新鲜嘢!

鲜鱼春汤

## ⊙ 春，就是新鲜嘢！

春分太阳位于黄经0°，直射赤道。阴阳相半，昼夜均分，寒暑平衡。

古人多会在这天春祭。簪新花，吃春酒，或把春泥中拔尖出来的新鲜叶芽，煮一镬春汤；孩子们则喜欢在这天玩竖蛋游戏。

春天来了，我们要用新鲜来迎接。

古代历法书上说，春有九十天，这一天是春中间，正过半。看这说法，总觉得古人的春天大概是要长一些的。

古代的这一天，皇帝要到日坛祭日。听说北京的日坛公园春分时会有"祭日"的表演。找个临时演员穿着清装演一演，大家看个热闹。关于古礼，我始终觉得大可不必如此"复兴"。对于天地日月的敬祀，即使仅只是以文本、图画传承给子孙，也实在好过去看不伦不类的表演凑热闹。

春分祭日，《管子》里就有过很详尽的描述。那已经是两千六百年前了。

从冬至算起的第四十六天,就是春分。这一天天子从他的国都都城向东四十六里,立坛祭日。天子要穿着青色的礼服,戴青色的冠冕,插玉笏,带玉鉴,和他的各级皇亲贵族、大臣一起,用鱼为祭品,祭祀春分的太阳。当天,天子会发布一系列春政。比如"应生而不应杀,应赏而不应罚"。这一天,百姓应该重新粉刷清洁房间,修理炉灶,掏井换水,因为春天来了,百姓在这个时节要格外注意健康。春分后,春耕夏耘就要开始了,农民应该在这一天修理和准备好所有农具。春天来了,但是见新仍要敬老。所以春分这一天,老百姓也应该为自己的长辈办春宴,敬奉他们。至于那些孤寡老人,官府应该供养,绝不可遗弃;路上乞食者,也要有人照顾。民生不济就要归罪宰相。这一切就是天子的春政。

——摘编、译自《管子》

管子是个有大智慧的人,他发明了很多朝野仪规和活法,智商情商绝对是诸子百家里爆表级的人物。当年他和鲍叔牙辅佐齐桓公——那个号称春秋五霸之首的姜小白,共同开拓了齐国壮阔盛世。而他所记述的春分当天的春政古礼,无论庙堂之高,还是江湖之远,都有敬有义,有知有情,是有温度的。

春色中分,在春天中心的这一天,一切真该是和煦的、温暖的、新鲜的。

春天最美好的事，就是吃青菜。土地上万物新生，是生命给生命的馈赠——春天可食。

苏州人很爱吃菜。我们从小就知道一句民谚：三日不吃青，肚里冒金星。这就是苏州人对青菜的依恋。有几年到北京工作，我才知道在北方"青菜"二字是绿叶蔬菜的统称。我们苏州说的那种青菜，东北人叫"油菜"，北京人叫"小白菜"，后来听四川人叫它"瓢儿白"。苏州的青菜也分很多种，和 Ray 逛横街或双塔菜市场，菜农们都有张青菜时间表：

每年九月到次年二月开春前后，以"矮脚青"为主；二月到四月初就是苏州地产的香青菜最时鲜；而四月底到九月则是小青菜、鸡毛菜。

青菜吃法多，鸡油香菇菜心、菜饭，都是春天的家常经典。

香青菜，是我们苏州当地的品种，比常见的青菜（北方人说的油菜）长得要矮一些，最好辨认的是叶片，叶脉纵横清晰。香青菜好吃，是因为它不同于一般青菜，有菜的清甜，而且特别容易断生，一炒就熟。炒香青菜时，扑鼻的菜香简直可以用"清脆"两个字形容。

我对香青菜有两个截然不同的印象。小时候对它的印象，可能源自我妈的形容。每次，她买到这样的青菜，就会对我说：看看，这多像干活人的手，青筋凸起。这让我很长时间一直觉得香青菜是青菜家族里的莽汉。我妈最爱用这样的青菜来烧菜饭，那浓郁的菜香，把整锅米饭都养肥了，好吃到我和我哥抱碗抱锅。用一句苏州俚语来表达，那真是

"吃一记耳光也不肯放"。

工作后,有次去吴江七都采访,午饭时,一盘鸡油香菇炒香青菜,鲜美之至。青菜本是瘦物,鸡油滋润,菜里的肥香就满溢出来,再沁入吸纳性强的香菇,饱饱满满的鲜意,赤诚之极。当地的老师看我扒住这盘青菜不松口,问我知不知道香青菜还有个美丽的闺名。我心想长得这么粗壮的菜,还有"美丽的闺名"?应该有个粗名才是吧。然后,那老师一字一顿地说,叫"绣花筋"。我当席就被这三个字惊艳到了。

后来我去北京,但凡北方的哥们儿笑我说:油菜青菜不分。我就立刻用"绣花筋"三个字敲打他们:"你们晓得吗,在我们苏州,连本地的青菜都是有闺名的,叫绣花筋。"这一招很有奇效,每次都能让北

方的哥们儿甘拜下风，表示江南到底是江南，姑苏毕竟是姑苏，一切都是诗化的。

就这样，"绣花筋"美好了十多年。有次和一帮好友在太湖边的渡村农家乐，那家爷爷种了几垄香青菜，叶脉纵横，丑得奇美。我不免在那儿抖书袋说："这真是农妇绣花筋。"菜农爷爷笑了。他说你们城里人真是会玩字，我们乡里人叫它"瘦巴筋"，因为它瘦瘦巴巴，筋筋拉拉，叫"乡下大姑娘，有吃呒看相"。我再次被一口香青菜噎住。

其实这一棵春天的青菜，文人笔底的"绣花筋"是妙笔奇文的锦心，农家口中的"瘦巴筋"更像是知时惜物的昵称。就像书香门第排"伯仲叔季"的长幼，和田间地头的"阿大""阿二""老三""老四"的顺口，都一样是"生命向荣"。

春分喝春汤，要有鱼。《管子》里说，天子春分祭日，用的祭品就是鱼。

春汤这个节气仪式，在今天已经不常见了，远没有十几天后的清明正式。听说广东一带还会在春分煲春汤，也用鱼片氽入提鲜，不过汤里的春菜是芥菜。所谓"春汤灌脏，洗涤肝肠，阖家老少，平安健康"，一碗汤里是有祈福的。

Ray 家的春汤用的就是香青菜。香青菜比一般的青菜更易糯熟，入水一滚即可食用，加入鱼片，这一碗清汤就是"新鲜"二字。

春分——

春色对半,日日向好。一碗春汤,就是新鲜。

"春分到,蛋儿俏。"春分这一天还有个好玩的游戏"竖蛋"。

竖蛋这件事,我也是到北京以后学会的。朋友专门在春分那天带我去了一趟北京天文馆,来证明竖蛋之所以能成功,是因为这一天南北半球昼夜平分,呈 66.5 度倾斜的地球地轴与地球绕太阳公转的轨道平面处于一种力的相对平衡状态,同时地球的磁场也相对平衡,因此蛋的站立性最好。那天逛完天文馆,我还是非常真诚地对他说:"其实呢,我始终觉得竖蛋的技艺纯粹取决于心静、手稳、桌子好。"不过我还是喜欢上了这个流传了四千年的节气游戏。

当今天的孩子在春分日,小心翼翼地把一枚鸡蛋扶正,蹑手试放,反复又反复……终于在一次撤开手指时,蛋立于桌面。那种小心轻放的欢喜,与四千年前的夏商时期的先人隔着久远的时空相互关照。这样想着,多么激动人心啊。

这又一年的春分,太阳直射赤道,昼夜时长等分,春风满怀。

四千年前,那时有一个竖蛋的孩子,放开了他的小手——

那一枚新鲜的鸡子,安静地站在了那里。

我相信所有值得期待的,都会在时光里相见。

春天很短,珍惜春光好,并且相信春天还会回来。

## ◦ 鲜鱼春汤

【食材】

香青菜：2棵　草鱼鱼腩肉：约100克

姜丝：若干　料酒：1小盅　生抽：1勺　盐：少许　生粉：少许

【做法】

1. 草鱼鱼腩切片,用姜丝、盐、料酒、生抽、生粉腌制 15 分钟。

2. 热锅,少油,下香青菜,快速翻炒断生,迅速出锅。

3. 香青菜加水煮沸,然后滑入鱼片,水再开后加盐调味。

○

清明 ｜ 花都开好了

樱花水信玄饼

## ○ 花都开好了

清明，是放肆思念的节日。有多少种极尽哀荣的祭奠方式，就有多少种大张旗鼓的活法。所以有时候我想，清明的安静大概只属于彼岸，那些回不来的相思。这里红尘沸腾的多少相信与慌张，多少热血与无良，多少缱绻柔情，多少万丈雄心……对于他们，都不必作声。

清明是一场意会，就像花落，轻来轻放。

春分后十五日，斗指乙，则清明风至，万物生长此时，皆清洁而明净，是以"清明"谓之。

清明，在春天的三分之二处。尤其在江南，春的绝佳处已经行过。仲春与暮春，在这个时节以春雨落花的方式交接。

关于落花这件事，比如"梨花雨"，比如"樱吹雪"，都极有画面感。读大学的时候很喜欢一句俳句"天也醉樱花，云脚乱蹒跚"。在仲春的落花里，樱，开也轻轻、谢也轻轻，凌波微步，旖旎迤逦。赏樱，是赏它的如释重负。这也是清明这样的时节，思所逝，思所在，当有的达观吧。

清明——

你知道，春天来过。

你知道，花都开好了。

花宴，在中国有着悠长的历史。兴于唐而盛于宋，特别是在春天，以花入馔入酒，品赏春天，曾经是我们这个诗酒文化的民族对于时间、对于自然的体悟。

而从科学营养的角度分析，鲜花中富含的多种氨基酸、维生素，以及丰富的常量元素和微量元素，也可以为人体提供营养，有些花还具有一定的药用价值和保健功能。

樱花水信玄饼，被称为花宴中的"迷物"。它像雨滴中的一枚"水琥珀"，刹那间凝结住春天来过红尘的一朵信物。

清明过后，春就深了，花海会渐渐退潮。

风行数枝，云来成荫，草色远绿，华年暗换。不恨多情恨易老。Ray 和 Olivia 愿以江南满城春花为证，愿所有心怀想念的人们，都真的遇见过幸福。

清明——

花色连城，相思迢递。

请用黑色的笔在白色的纸上写下所有思念的事。

## ·· ○ 樱花水信玄饼

【食材】

盐渍樱花：4 朵　白凉粉：10 克　白开水：200 克

细砂糖：15 克　四孔模具：1 个

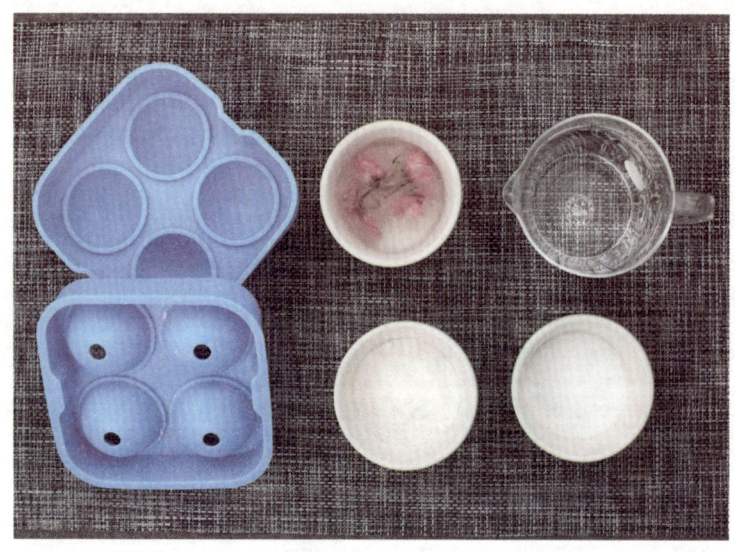

【做法】

1. 盐渍樱花提前泡开。

盐渍樱花一定要用冷水泡，Ray 的经验是泡 10 小时，过程中要勤换水，樱花花瓣才能泡舒展开。

2. 白凉粉、细砂糖、水,一起倒入锅中用小火煮,一边煮一边搅拌至沸腾。

在不同的地方,白凉粉的原料也不同,通常是用凉粉草和大米做成,也有些地方,是用绿豆淀粉、豌豆淀粉、红薯淀粉等各类食物淀粉制成,口感上大致相同;用白凉粉制作水信玄饼时,一定要煮到沸腾,让淀粉充分挥发,最后成品才会晶莹剔透。

3. 水开后,关火静置3分钟。

静置过程不能太长,否则就自然凝结了;在实际操作中,觉得水温在70℃上下,手触发烫这样的温度最合适。

4. 先倒入模具一半,放入樱花。

放置樱花时,可以用小镊子夹住花尾,轻轻抖动,尽可能让花瓣全部舒展开,成品中花朵姿态最美。

5. 扣好模具,将剩下的液体用量杯倒进模具,将剩下的空间填满,静置1小时,也可放入冰箱冷藏。

四孔模具可以在网店定制,但因为是硅胶的,比较软,所以一定要反复确认四周完全扣好、密闭,再进行下一个动作;如果遇到液体已经稍有凝结,可以重新再加热。

6. 1小时后,轻轻打开模具,如水滴般晶莹的樱花水信玄饼就制成了。

取出即食用,否则就失去了清凉口感。樱花水信玄饼最地道的食用方法是裹上黄豆粉,再蘸黑糖浆,吃起来满口香甜。

黄豆粉和黑糖浆都可以自制:黄豆用小火炒至有香气,盖上锅盖,小火焖约 5 分钟后出锅，晾凉后用粉碎机搅碎，再用粉末筛网过滤，反复几次搅碎再过滤，就可以得到非常细腻可口的黄豆粉；黑糖浆的制法更简便，用 60 克黑糖加 40 克水的比例，小火烧煮，随糖块化开，不断搅拌，防止糊底，等到所有黑糖成浆，即可。

【Ray's Tips】

樱花水信玄饼，其实最准确的读法是"樱花·水·信玄饼"。

"信玄饼"是纪念日本战国时代甲斐国主、山梨县大将"武田信玄"而产生的。"信玄饼"简单地说来，就是用糯米粉做成的软年糕，外面裹着黄豆粉，有些近似我们北方的驴打滚。近年，日本点心师在沿革中用琼脂代替糯米粉，制作出了犹如水晶球般剔透的"水·信玄饼"。

○

谷雨 ｜ 一生一世　茶余饭后

茶泡饭

## ○ 一生一世　茶余饭后

谷雨，是春天的最后一个节气。

古谚：清明后十五日，斗指辰，三月中。雨生百谷，清净明洁。

喜欢"谷雨"二字。谷是"种子"，雨是"天落水"。谷雨，就是种子与天落水，有生命感。谷雨起五日"萍始生"，再五日"鸣鸠拂其羽"，又五日"戴胜降于桑"，鸣鸠与戴胜都是仲春时节山林与田野间的鸟。春秋时期，博学的音乐家师旷曾经传下过一本很有趣的《禽经》，历数了他所知的天下之鸟。他形容戴胜鸟每年从春深处来，因农事而起，飞鸣于桑田，告示天下五谷可种，故曰布谷。

鸟来唤起"布谷"，秧苗青青，雨落水满萍生，春化雪除霜，一季过去，它满载着新绿，将辞行远去。一年渐入佳境。

谷雨——

春将离，夏初生。

你我与夏，即将萍水相逢。如此，四季往替，生生不息。

谷雨时节，在江南，最宜喝杯雨前茶。雨前茶一般就是谷雨时节前采制的茶叶，虽然此时茶叶不及清明前采摘的那么细嫩，但清明谷雨间的十几天，春正暖、芽亦壮，茶的芽叶生长较快，往往滋味更鲜浓耐泡。因此也有茶人主张饮得绿茶的浓淡恬宜，恰恰应在谷雨。

一盏春色，万卷江南。

茶是清谈间歇的饮品。家常，则是清欢。苏东坡有诗云：

> 细雨斜风作晓寒，淡烟疏柳媚晴滩。入淮清洛渐漫漫。
> 雪沫乳花浮午盏，蓼茸蒿笋试春盘。人间有味是清欢。

春天在舌尖的清欢,是细水长流,简单温暖。

食的本质也就是一种守时吧。

一顿顿吃,一餐一时辰、一时节、一时岁……

一生一世,就是茶余饭后罢了。

清明后到谷雨,有着"树上的蔬菜"美誉的香椿就昂扬出芽了。

香椿的春芽又叫香椿头,有特有的草木野蔬的香气,虽然有人不喜欢,但是喜欢时令野菜的老饕们都很爱这一口野蔬。

中医认为香椿味苦、性平、无毒,最适合春季开胃爽神、祛风除湿、消火解毒,尤其健脾利肺。香椿时令,正宜食补。

香椿的吃法很多,不同的地域和个人的口味爱好,可以变化出不同的吃法,最常见的有盐淹香椿、香椿拌豆腐、香椿炒鸡蛋。

## 茶泡饭

### ○ 茶泡饭主食

【食材】

米：盘锦蟹田米　茶：洞庭碧螺春

熟黑芝麻　海苔丝　盐煎三文鱼（小块）

【做法】

1. 米饭煮熟。

用来做茶泡饭的米饭，要煮得颗颗饱满，又保持刚刚好的糯度。

2. 泡碧螺春茶。待茶叶泡开后，滤掉茶叶，倒入茶壶中备用。

水温90℃，先放水，后放茶叶。

3. 盛一碗煮熟的米饭，将茶水浇入米饭。

泡好的茶水沿着碗边慢慢地浇进去,茶水要漫过饭的 2/3。

4. 根据个人喜好,可以在茶泡饭上撒上熟黑芝麻和少许海苔丝。

这次搭配茶泡饭,用了一小块盐煎三文鱼。因为茶水是弱碱性,如果和胃酸中和,有人会觉得不消化。配上三文鱼,可以增强佐餐的口感。

## ○ 茶泡饭配菜一:盐煎三文鱼

【做法】

1. 将适量盐轻轻抹在三文鱼鱼腩上,并洒上少量朗姆酒提香,最后均匀撒上一层现磨黑胡椒,腌渍 30 分钟。
2. 锅中入黄油,放上腌好的三文鱼鱼腩。盖上锅盖,大火煎 2 分钟,翻面再煎 2 分钟。
3. 鱼肉煎熟后出锅,挤少量柠檬汁,即可。

## ○ 茶泡饭配菜二:油炸椿芽

香椿头营养丰富,又有较高的药用价值。谷雨时节的香椿叶肥而芽嫩,绿叶红边,有饕家将其比成野蔬里的玛瑙翡翠,足见珍爱如是。

油炸椿芽,酥香其外、蔬香其里,配上一碗温热的茶泡饭,清清简简的一餐,倒也就把家门外的烦忧都放下了。

057 · 二十四食记

【食材】

香椿头　低筋粉：1杯　土豆淀粉：2茶匙　鸡蛋：1个

冰苏打水：150毫升　盐：适量

【做法】

1. 先将鸡蛋打散，加入土豆淀粉和低筋粉。

土豆淀粉混合低筋粉做面糊效果最佳。

2. 慢慢地将冰苏打水加入，调成炸糊，最后加入少许盐。

3. 炸锅入油，加热到150℃左右，把香椿裹一层薄糊，放入油中，炸至颜色呈现浅黄色即可出锅。

炸蔬菜不要时间过长,只需外层的炸糊在油中变色即可捞出,因为炸制过度反而会失去蔬菜应有的色香味。

## 番外：京都的一碗茶泡饭

那天是入夜时分，我和 Ray 才到的京都。

从乌丸线潜到驻地——一家在御苑宫墙外高冷文艺的设计酒店。酒店转角的街叫丸太町。暮色四合，那天是十月初十，有大半个月亮飘渺地张贴在当空，荧光闪闪。

起风了，听见御苑的丛林轻吟短喝。后来我和 Ray 去御苑，那里有很多百年的树。

我们在那条叫丸太町的街上走着，哒哒的足音。那个辰光，京都都是归人，我们是过客。

过客遇到一家叫"家"的店——"十二段家"。

它在夜色弥漫的街上，关着门做生意。

是的，关着门做生意。

街店，地段值金银，所谓金角银边草肚皮。"十二段家"的位置不在金角不在银边，就是个草肚皮。还不广告，就是关着门做生意。

"十二段家"的生意是热的老的，听说这字号二百多年了。

二百多年了，看家的就是"茶泡饭"。

"茶泡饭"是真的茶、真的饭,真的就是:茶泡饭。

菜单递上来,就一页,只有三款套餐可以选,倒也都不贵。就是说,这家二百多年的店真的就一直在卖"茶泡饭"。

元祖款是"十二段家"自创业始至今的基本款,1050日元:一杯茶、渍物盛合、玉子烧、赤味噌汤和白米饭。

"十二段家"的玉子烧有股清甜的奶香气,柔软、嫩滑又生机盎然。我平时并不太喜欢玉子烧,总讨厌蛋味未尽,又添了份糖的甜,没想到"十二段家"的是没有一味多余的调味,玉子烧就是本分的蛋香。在夜晚吃上这一口,就觉得熨贴在唇间舌上,简单温暖,刚刚好。赤味噌汤里有鱼豆腐和芋头,这是特别之味;味噌的咸香之中,有了鱼的新鲜,这一取味是亮点。

而茶泡饭的吃法,就是在白米饭里冲入热茶,配上渍物同吃。

茶是日式煎茶,米饭是家常煮法,都没有玄虚或稀奇的烹饪。可是茶沿饭碗壁注下,水线渐没米饭,茶米之间倒像是怦然热恋,简单爱里风情万种。茶香如沁色般度化了米,米饭肥沃了茶的清瘦严厉,都成全了彼此的美意。

渍物盛合里是牛蒡、青瓜、萝卜和紫苏等,在茶米香的缠恋里,渍物让五味又落座回红尘家常。

○

立夏 | 红了樱桃　绿了芭蕉

葱油蚕豆
乌米饭

## 红了樱桃 绿了芭蕉

这些日子,如果不下雨,太阳底下就分明热起来了。觉得立夏就好像是向春天立了字据,一口气要把春尾的日子全借到热天里头。春天那个短跑健将,就一段短短的时光,还非要跑得飞快,好像就是为了赢点花朵离场。叶啊果啊,都留于夏。

于是词人说:"流光容易把人抛,红了樱桃,绿了芭蕉。"

写下这一名句的词人叫蒋捷。南宋离乱,蒙元南下,他出生在苏州边上的宜兴。宜兴是江南陶都。陶出于土,但经名家琢磨锻炼,浴火涅槃,精工成器。蒋捷生于一个王朝的末世,在煌煌宋词名家里可能排不上第一阵营,但他的字里闪烁着光阴的风情与品性。他的成名作,首推的就是《一剪梅·舟过吴江》:

一片春愁待酒浇。江上舟摇,楼上帘招。秋娘渡与泰娘桥,风又飘飘,雨又萧萧。

何日归家洗客袍? 银字笙调,心字香烧。流光容易把人抛,红了樱桃，绿了芭蕉。

因为末句太过流传，他后来还得了个雅号叫"樱桃进士"。写这首词的那日，也是一个江南晚春初夏的日子。想来那太湖轻舟上的词人，也和你我如今一样，满目春瘦夏长。"夏"这个字，在古义就是"大"的意思。所以"立夏"二字的本义，就是说春天播种的作物已经直立长大。是的，花的锦帆已落，万物葱茏如潮涨，人如扁舟时光如水长东，诗人他看见那停不下来的时光。

立夏，是夏季的第一个节气。中国自古尊天，天行四季，每逢换季，从天子到天下苍生都要依循古礼，敬天爱人，举行非常隆重的仪式。

《礼记》载：立夏这一天，帝王要率文武百官从都城的南门出，举行迎夏仪式。君臣一律要穿朱色的礼服，配戴朱色玉佩，连马匹、车旗都要朱红色的，以表达对丰收的祈求和美好的愿望。迎夏回宫，帝王要在"立夏日启冰，赐文武大臣"。冰是上年冬天窖藏的，也来自天地。帝王作为天子，在立夏之日凿冰赐给百官，是分享天赐。

在民间，立夏这一天也是要备上隆重的筵席，尤其在江南。毕竟江南春早，万物春生夏长，四季鲜明，立夏近则春光远。所以这一日这一宴，在江南叫"饯春"。

明媚春光曾以大好的模样相伴人间，无论天子与苍生，春色公平，旖旎于每个人的眼前。它去了，是应备酒食清欢，如送妙人儿去，算作饯行。

古诗《立夏》中有句："无可奈何春去也,且将樱笋饯春归。"樱笋代指春末的时令蔬果。在鱼米之乡、风物丰饶的苏州,"饯春"的餐桌上自然是要"阔气"些。所谓"立夏见三新",三新是指"樱桃、青梅、麦子",用以祭天地。在苏州的常熟地区,尝新的食物就更为丰盛,要有"九荤十三素"。九荤为"鲫鱼、鲚鱼、咸鱼、咸蛋、螺蛳、熄鸡、腌鲜、卤虾、樱桃肉";十三素包括"樱桃、梅子、麦蚕、笋、蚕豆、矛针、豌豆、黄瓜、莴笋、草头、萝卜、玫瑰、松花"。

从这一桌古法的时令来看,苏州的先人们为春饯行,是赤诚的。春予我万物生,我以所获回馈春。

时光向前,我们的活法就是一路抛弃。

立夏的"饯春"即使在江南里、姑苏地,也正在淡忘。不过,所幸总有人家依旧在立夏日,会用喷香的葱油烹一碗时鲜蚕豆,剥两只流黄的咸鸭蛋;如果还能再染一锅乌米饭,那真是锦心绣口、吐纳春光。

讲究,不是"不将就",是不辜负。

立夏——

小麦扬花、水稻栽插、油菜近熟,年景定局。古人云:"立夏之日,春去远,夏正长。天地始交,万物并秀,物至此时,皆长大。"

原来立夏,是从此长大。

夏安。大安。

## ○ 葱油蚕豆

【食材】

鲜蚕豆:500 克　小香葱:3 根

油:适量　盐:适量　砂糖:少许

【做法】

1. 新鲜蚕豆剥去豆荚，小葱洗净，分别切成葱白碎和葱绿碎备用。

2. 烧开一锅水，加入少许盐和油，水开后关火，放入蚕豆略泡2分钟后沥尽水分捞出。

3. 另起油锅，倒入适量油烧热，放入葱白碎和少量葱绿碎，小火熬出葱油。

4. 倒入蚕豆，迅速翻炒让蚕豆均匀沾满葱油，焯过水的蚕豆翻炒时间可以缩短，加入适量盐和砂糖，临出锅前将剩下的葱绿碎全部加入。

## Ray's 番外：吃蚕豆的上海阿爹

每到吃蚕豆的季节，我总会想起我的上海阿爹。"阿爹"，是外公的胞兄。外公今年已经九十七岁高龄了，如果上海阿爹健在，也是位百岁老人。

两兄弟生逢乱世，从北京辗转南下，上海阿爹最后就定居在上海。他们那辈老人的遭际，我作为晚生，其实知之甚少。记忆中，上海阿爹就是一个人在上海住着，在记忆里，是个清爽而英俊的老人。

每年总会在立夏前一周，在外公家见到他，准时地来，拎着简单的换洗衣服。是特地来的，但不是特地来看外公或我们。——他来的由头特别有趣——年复一年的，是在这时节来吃苏州本地产的时鲜蚕豆。

外地蚕豆永远炒不出苏州地产蚕豆那种清甜香糯的味道来，即使在物流发达的上海滩。至于原因嘛——也许是蚕豆品种，也许是这方水土，也许是此地四时。总之，苏州本地蚕豆是一种情结，只可意会而无法言说。

上海阿爹认为，苏州本地蚕豆实在金贵得很，一定要现剥现炒现吃。剥出来的豆子遇风就老了一成，遇水又老一成，剥好的豆子要在 30 分钟内完成进锅热炒，入口品尝，不然就又老一成。三成老去的豆子，就不吃了。

每次上海阿爹来，外公总是很高兴的安顿哥哥住下，一起等着蚕豆成熟。然后老哥俩去菜市场等相熟的菜贩挑担来，每天不多买，就买刚刚够一餐吃的量。回来汏烧，现剥现炒现吃。外公烧得一手好菜，他认为烹饪最重要的就是火候的把握。像蚕豆这样时令鲜嫩的食材，就更是苛求火候的掌握，才能炒出那份独有的鲜嫩美味。我和外公学习多年，有一份家传心得可以分享。炒蚕豆的火候如果拿捏不准，可以在炒之前稍稍焯下水，水烧开后关火，加少许盐和油，把蚕豆在开水里泡2分钟后捞出再炒，这样做能锁住蚕豆的鲜嫩，即使万一不留神炒过火也不会太影响口感。

上海阿爹在吃完一个星期的苏州本地蚕豆后，又会回上海去。因为上市一周后，蚕豆就老了。最好的口感，一年就等这七天。

很多年，上海阿爹来苏州等七天、吃七天蚕豆，就像是我们家一件定时会发生的事。我们作为小辈的，也只当是有个祖辈的老亲戚来串门。后来，上海阿爹辞世。每年本地蚕豆上市季，外公再没有那样热衷去小菜场。

我们无从确切地知晓，这一对在乱世里相依为命，辗转千余里，将一个家族血脉生生不息衍递的亲兄弟，在远离家乡的少年时代有过怎样相扶北望的忧伤，在立业成家的青壮年时期有过怎样白手兴家的勉励。在历经多少年的春去后，他们是姑苏城寻常巷陌的露天菜场里，两个白发苍苍的买蚕豆的老哥俩。

那两个星期，他们和儿时一样，就是哥哥弟弟，一桌吃饭，两把藤椅。没有离乱，没有迁徙，没有奔忙。一起等蚕豆在田间熟了，一起等蚕豆在锅中熟了。

就是至亲，在一起。

## 乌米饭

在苏州，立夏还应该吃一碗饭——乌米饭。

乌米饭盛行于唐，那时叫"青精饭"，是道家寻求长生的养生食物，作为斋日饵食。它另外还有一个别名叫"青食迅"，"迅"是因为乌米是煮熟过的，加工起来很快。到了宋代，"青精饭"被佛家作为斋食。特别是在农历四月八日浴佛节，佛弟子以乌米饭供佛，称之为"阿弥饭"。

道家在中国民间又被称为"仙家"。仙与佛，自古是中国人信仰的两重彼岸。那这一碗被仙家与佛家共纳为斋饭的乌米饭，就显得格外宝贵。

于是到了明代，乌米饭已经成为百姓家在立夏之时祭天祭祖的供奉。明清以后，食用乌米饭，就成为立夏的风俗。

乌米饭，实质是用植物染色的糯米饭。

用来染色的植物，古名"南烛叶"，通俗叫法是乌饭树叶。这种树叶煮后会呈紫黑色，用此树叶的汤汁将糯米浸泡半天，再放入木甑里蒸熟，就会得到油亮清香的乌米饭。李时珍在《本草纲目》里也研究了乌饭树叶，他认为多吃乌米饭可以祛风解毒，防蚊虫叮咬。所以，立夏这一碗乌米饭，也就有了仙家、佛家、医家护佑人们平安如意的美好了。

【食材】

乌树叶：500 克　圆白糯米：1500 克　纯净水：1000 毫升

小苏打粉：15 克

【做法】

1. 选取新鲜幼嫩的乌树叶，清洗干净，做出的乌米饭会更容易染色。

2. 放入食品料理机内，加清水搅碎；古法是用石臼捣碎萃取汁液，现在改良版，可以直接用家中的食品料理机搅碎叶子。

3. 将乌树叶碎和水倒入一个大锅中，加入 15 克小苏打粉，大火煮开后转小火再煮 10 分钟。不同地方萃取乌树叶汁的方法大致有两种，一种是直接把叶子搅碎后取汁，还有一种是把叶子碎加小苏打粉后水煮取汁，苏州地区多用此法。

4. 待水凉后，用筛子滤出乌树叶汁水。

5. 把洗净的圆白糯米泡入乌树叶汁水中，放入冰箱冷藏过夜，浸泡 10~12 小时。浸泡好的糯米，倒出多余的汁水（水刚刚盖过糯米即可），入锅隔水蒸 30 分钟左右至全熟，出锅前关火再焖 5 分钟，即成。

【Ray's Tips】

1. 乌米饭的颜色：米泡时泛墨绿色，蒸熟后偏蓝紫色，盛出放凉则变成乌黑色。

2. 乌米饭和白糖更配哦！

○

小满 | 生活高潮之所在

秘汁鲜浆小龙虾

## ◯ 生活高潮之所在

冷锋过境的初夏,一雨就是一周。早晚还是微凉,空气里是湿的。路旁的小叶女贞开花了,有一种草本的清香。女贞花白草迷离,正是江南小满时。

巷子里的猫踩着檐上的瓦,在枕河人家的头顶嘹亮地叫着它的新欢。还有一夜就是农历十五,月亮又一度重圆。鸽子落在晾衣衫的竹竿上,对着等太阳的底裤与文胸,理了理自己的羽衫,然后它们飞起来。

太阳亮了,街灯已关。

四月中,入夏后第二个节气:小满。

夏熟庄稼的籽粒已经灌浆饱满,但尚未成熟,是所谓"物致于此,小得盈满"。

"小满"这个词,是我偏爱的。因为我觉得这个词很性感——在意犹和未尽之间。"意犹未尽",其实最是生机盎然。

记得多年前,香港创意人、美食家欧阳应霁先生出过一本书叫《半饱——生活高潮之所在》。他说"半饱"比"饱"好。

因为留有余地,所以渐入高潮——生活高潮之所在,恰恰是半饱处,而不能够是十足。

小满者,半饱,正是生活高潮之所在。

从此,一切热烈就这样绿肥红瘦地醒来了。

## ○ Ray's 番外：小满枇杷半坡黄

小巷深处，门楣上的烟火色，蔷薇长长的藤正要攀上五月半夏的脊瓦，围墙上野枇杷结的果，黄金一簇。

"小满枇杷半坡黄。"在苏州，初夏的这个时节是"枇杷味"的。

苏州的枇杷，始栽自唐代晚期，分布于姑苏城外太湖里的洞庭东、西山和光福镇等岛屿山丘，东山面积最广，品质绝佳，分白沙、红沙两个大类，而其中属东山白沙枇杷为上品。

白沙枇杷有小白沙、鸭蛋白沙、荸荠枇杷、青种白沙、照种白沙等十多个品种，其中最难得的大概是"照种白沙"，以前采访听闻是只出产于东山里的槎湾藏船坞，是清朝一个叫贺荣泉的果农精心栽培的。

古法上品的果子，在这个"量产"的大时代已经难得一求。在时令，如果你远在异乡，能吃到一篓苏州太湖洞庭东、西山的"青种"和"白玉"，就已经是江南迢递重城的相思意了。

"青种"和"白玉"应该都只是白沙枇杷的变种。"青种"果实圆整、凹底，相比"白玉"，其果形大，果肉细腻爽滑，是如今苏州特产枇杷中的上品。"白玉"枇杷更接近白沙老种，色如玉，果肉洁白甜嫩，个头比起"青种"就显得娇小了。

舌尖上的小满时节，关键词是"江南""姑苏""太湖""洞庭东、西山""青种和白玉枇杷"，每个字都是多汁而清甜的。

咽下，回味的只有一个意同母亲般美好的词：家乡。

　　麦秀微寒后,梅黄细雨前。

　　有很多舌尖齿上的爱意,可以言说,也可以不必言说。若心无心事,则情难为情。

　　亲爱的远方的你,夏初、小满,有果子在树上熟了,轻黄、甜蜜。小满是充满希望和生机的时节,这正是生活高潮之所在。

　　江南有好看的样子,遥送给你。

## 秘汁鲜浆小龙虾

Ray 做的小龙虾，想当年在我们同学圈里，那是要预定一年才能够吃到的。

六斤才能做出一盘。——这也是只有私房才可能把匠心用在食材精选上的工本。

最值得垂涎的是 Ray 自己研发出"先剥虾黄现熬鲜浆秘汁酱烧"的小龙虾独家烹饪方法，使小龙虾在三分酱香和二分醇香间，还保有五分鲜香。让这种既非湖鲜，又非野味的江湖菜，多得一味"鲜生"夺人的口感。咂舌回味，不忍离席。

不过，Ray 做小龙虾从不会因为大家图其鲜美、抢食忘形而不知节制。每次约定，她也就烧那么一盘。吃完——就是没有了。不给添，从不加量超产。

问她为什么。Ray 有一句金句的，她说：美味的最高境界，是回味。

回味才可以无穷。

这便也是生活高潮之所在了。

【食材】

小龙虾：3000 克

白酒：5 毫升　干红椒：适量（对切后去掉籽）　生姜：6 片

大蒜：8 瓣　大葱：若干，切小段　花椒粒：十几粒　玉米油：适量

德国黑啤：1 罐　冰糖：4 粒　生抽：2 勺　老抽：1 勺

【处理小龙虾】

1. 分离：将在清水中洗过的小龙虾小心捏出，一只手抓小龙虾头部，另一只手即刻将虾脑壳剥除，把小龙虾分成两个部分。

这一步骤请戴厨房手套，处理时要小心不要被小龙虾夹到。

2. 取虾黄、去虾肠：留在脑壳里的虾黄，在碗边轻轻一磕，虾黄就会整个掉出来；如果虾黄被带出到虾段部分，用手轻轻一挤就出来了。去虾肠的时候，一只手使劲掐住虾尾中间一片，用力住外拉断，虾肠就完整地拉出来了。

3. 清理：把虾腮整个去除，多余的虾尾剪掉，整个小龙虾处理到这一步，只留有虾黄和虾身。

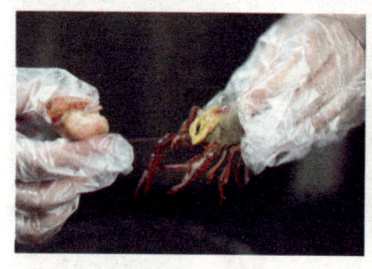
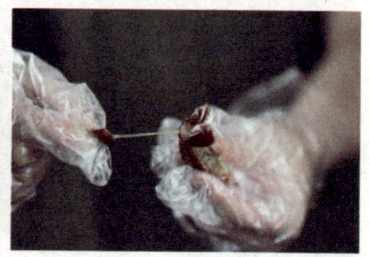

4. 清洗虾段：用厨房用小刷子或儿童牙刷一个个地认真刷洗虾身，清洗的水中可以放一点小苏打粉；一遍一遍又一遍，洗小龙虾的水由浊到清。

5. 洗完虾身后，翻转清洗虾腹部软足部分，虾段上有滑滑一层黏液，全部要刷洗干净；这些部位洗干净，可以洗去污垢，同时减少腥味。

6. 清洗虾黄：把水龙头的水开到最小，水流呈细线状，缓缓地从碗的一边注入，再从另一边流出，要小心地把脏水倒净；清洗干净后，在虾黄里倒入5毫升白酒，虾黄会在白酒中呈现出开花状。

因为虾黄特别嫩,不能用手去翻动,只能用水流冲洗,最后加入白酒有提鲜、去腥和杀菌的作用。

【做法】

1. 锅里倒油,把所有配料生姜、大蒜、干红椒、大葱、花椒粉、冰糖等一起放入爆香。

2. 爆出香味后,倒入虾黄,熬煮一下,把虾黄煮成糊状的虾黄酱。

3. 把虾段倒入虾黄酱中,快速翻炒,让每一个虾段都包裹上一层黄黄的酱汁。

4. 加入2勺生抽、1勺老抽调味,倒入一罐德国黑啤盖过虾段,烧开后转小火,盖上锅盖煮20~30分钟,充分入味。

小龙虾一定要煮熟煮透,通常至少要煮制20分钟以上,才可以杀死全部细菌以及寄生虫。

小龙虾的煮制一定要试试用黑啤代水来煮,国产的啤酒也可以,煮出来的小龙虾肉质鲜嫩,去腥提鲜。

5. 最后转大火收汤汁,汤汁不用全部收干,这样做出来的汤汁可以淋在米饭上或者佐餐配面,相当鲜美。

这道菜无须另外加盐,来自调料的咸度已经足够。

# 芒种

## 煮一杯盛夏的果饮

芒种时节·祛湿果饮

## ○ 煮一杯盛夏的果饮

今日芒种,农历五月初一。

《月令七十二候集解》中有记述:"五月节,谓有芒之种谷可稼种矣。"芒种的"芒"指麦类等有芒作物,"种"是指谷黍类作物可以播种。"芒种"二字谐音,一切作物从此"忙种",苦夏开哨。

今年姑苏城入夏后,盛产的就是"天落水"。雨水痴缠里,时节流逝,可以深切体会贺铸一千年前晒不干的抑郁:"一川烟草,满城风絮,梅子黄时雨。"黄庭坚曾经甘拜下风地说过:江南断肠句,没谁能再写得过贺铸这三行。能获如此溢美之词,在我看来,一半的确是贺铸幽邃的深情,一半也实在是拜江南雨季能蚀透肌骨沁入肺腑的黯然所赐。

按古气象历,芒种后的第一个丙日,江南就将正式"入梅"。"梅子黄时雨"五个字还是太诗意了,说句北方人一听就懂的话,"梅雨季"就是"桑拿天",所谓"旱云烟火,雨云水波"。梅雨季节的江南低空湿云盘桓,降水连绵不断,温高湿大。

连雨不知春去,一晴方觉夏深。芒种后,梅雨江南等长晴。

过了芒种,再几天就是端午。

枇杷味的初夏,已经落幕了。雨一停,江南会在太阳出来以后发烫。这两天走进雨巷,会闻到箬叶青生生的气味和糯米的香甜。

仲夏来了,就这样裹在四角粽的浓油赤酱里来,热水甫烫地来。煨熟盛起的,是又一年又一个漫长的熟夏。

一切可以谓之美食的,只是因为有爱入口。

## ○ 芒种时节祛湿果饮

在江南,芒种时节,梅子成熟。古时的"青梅煮酒",正是这个时节。

Ray 从食疗的角度看,这时节成熟的梅子富含多种天然优质有机酸和矿物质,在湿气升腾的当季,正是调节酸碱平衡的一剂饮方。

湿,是中医重视的大事。长夏多湿病。外湿与季节气候环境有关,阴雨连绵,涉水淋雨就特别容易感受湿邪。而体内湿症主要就是脾失健运,运化水液功能障碍,湿自内生,容易勾连脏腑之病。

Ray 的心得,不是在江南这时节的雨季青梅煮酒,而是薏米煮水,还可以加上一些祛湿健脾的当季水果,自制家常果饮。

## 冰糖薏米水

【食材】

薏米：75克　水：1000毫升　冰糖：适量

【做法】

1. 薏米洗净，用冷水浸泡4小时以上。
2. 将薏米和水倒入锅中，大火煮开后，转文火煮1小时至薏米变软。
3. 根据自己口味加入适量冰糖，再煮至冰糖溶化即可。

薏米煮水有谷物清香，在这个季节可以直接当水喝。

另外，加入水果可以更好地提升口感。水果入饮，不宜在薏米煮制后趁热直接加入，建议用冷藏中和的方法，让水果的营养和滋味与薏米水完整有效地结合。

水果在低温下出味的时间比较长，因此制作这些果饮需要一定的时间。

可以在薏米水煮制晾凉至室温后,加入相应的鲜切水果,然后在冰箱冷藏格里存放约 8 小时,取出后等待饮品回至室温,即可饮用。

冰饮并不是我们提倡的养生果饮方式哦。

## ○ 柠檬薏米饮

柠檬切片,加入薏米水;可根据口感调入蜂蜜、薄荷叶。

## ○ 蓝莓薏米饮

薏米水中根据自己的喜好加入适量蓝莓——这款果饮试制的最佳搭配——Ray 的心得是再加入少量椰子汁和 1~2 片百里香叶。

### ○ 彩虹水果饮

用当季的红樱桃、水晶樱桃、猕猴桃、红提和橙子与薏米水调和,也可加入冰沙增加口感。

### ○ 黄瓜柠檬饮

薏米水中加入黄瓜、柠檬和薄荷,口味清爽,也可加入一些冰沙,给家中孩子带来一款健康的冷饮。

## ○ 西柚苹果橙饮

西柚、苹果和橙子的果瓣切片加入薏米水,再兑入适量鲜榨的西柚汁或橙汁,口感足以媲美任何一款市面上的果汁饮料,而且健康、低果糖、不含任何添加剂和调味料。如果需要更爽口,还可以加入薄荷叶。

○ 夏至

夏至 | 日与夜互消长

夏至三候面

## ○ 日与夜互消长

夏至，昼至一年最长，夜则最短。阴阳在此交接。从明朝起，日光分秒渐短，夜色点滴慢长。韦应物有首诗写于夏至，其中一句是"昼暑已云极，宵漏自此长"。

夏至，暑往仲夏一路纵深去。三伏，正伺时准备着以一派焱炎之势统治大地，而往后数着日脚展望，这一岁的秋冬也已序齿排班地在不远处候场。

那个分明还觉得崭新的一年——如火如荼的新意，原来已经随半年将尽。苏东坡说"天地曾不能以一瞬"，原来日夜所争的短长，概不过宇宙一度的流光。

夏至，日与夜互消长。
昼夜如流觞，曲水是时光。
此年，半岁已过……

夏至,是二十四节气中最早被确定的节气。

公元前七世纪,古人就用"立竿见影"的原理,以土圭测日影,发现这一天"日北至,日长之至,日影短至,故曰夏至"。

先人们认为这一天,是全年阳极之至的日子,自此日后,阴气始生。因此,夏至作为全国的节日之一。直至清代,夏至当天都会有敬天地的仪式,无论天子还是百姓,都会在这一天阖家祭神,亲人小聚。

清代文人潘荣陛在他所编的《帝京岁时纪胜》中有记述:"夏至大祀方泽,乃国之大典。京师于是日家家俱食冷淘面,即俗说过水面是也,乃都门之美品。向曾询及各省游历友人,咸以京师之冷淘面爽口适宜,天下无比。"

这段文字详细描述了当时帝都人是如何吃"夏至面"的。

"冬至饺子夏至面"好像已经是南北流行的饮食风俗。——即便是冬至,山南海北还各有各的节气主食;一碗"夏至面",似乎已经是这个节气的必备了。

夏至食面,有老人说是因为面条白而细长,是形容夏至之长昼;也有传说认为是因为这一天阳气最盛,吃面可以讨长寿彩头;还有时鲜派的观点认为,因夏至新麦登场,所以夏至食面,有四时尝新的意思。

民俗或许并没有硬道理可讲,但会有好滋味入口。

一碗"夏至面",南方有阳春、干汤、菜熬、油渣、三鲜、麻油凉拌,杭甬地区有片儿川,云贵黔赣有过桥面线,北方也有打卤派和炸酱派……

其实一碗面,盛载不动天地阴阳,空满不了昼夜长短,但它是入口。

面,是所有主食里最有故乡印象的。

一碗面,就是一方水土,一处炊烟,一户灶台。

一碗面,就是日夜消长后回想的一个童年,是万水千山后思念的一个籍贯。

一碗面的滋味,就是爹娘的手艺,故乡的滋味,那个你来自的地方的记忆。

# 夏至三候面

## 苏式葱油拌面

【食材】

苏式细挂面：200 克

葱油：3 勺　老抽：1 勺　虾籽酱油：2 勺（苏式拌面必备）

红糖：1 勺　凉拌醋：半勺　香油：半勺　玉米油：150 毫升

香葱：100 克　盐：少许

【做法】

1. 香葱切末，分开1/3葱白，2/3葱绿。

2. 锅内放油，小火加热，油热后先放葱白；当葱白熬成半焦状态，呈现焦黄色，一次性加入所有葱绿，继续熬制。

3. 1分钟后关火，撒少许细盐，余温中葱绿会继续熬制，但不会变焦，依然保持油绿的颜色。这样熬制的葱油，有焦香味（葱白部分），也最大限度保留了葱香味（葱绿部分），用来做葱油拌面是最合适不过的了。（一次性熬好的葱油可以装在罐子里，冷藏保存，随取随用）

4. 做苏式葱油拌面的面条，最宜选择苏州本地人爱食用的细挂面，并且不需要煮得太软烂，过一遍凉水洗去多余的淀粉，保持面条的筋道。

## ○ 川味小面

【食材】

苦荞挂面：200克

绿豆芽：100克（焯水备用）　菠菜：200克（焯水备用）

玉米油：500克　干红椒：10颗　姜：5片　蒜：5瓣　辣椒面：200克

蒜粉：20克　花椒粉：20克　白芝麻：100克　花生碎　葱末

【红油做法】

1. 锅内倒油,小火加热,先放干红椒、姜片、拍碎的蒜瓣。

2. 熬出香味后,用漏勺将所有材料捞出。

3. 关火,待油温降至80℃,一次性加入辣椒粉、蒜粉、花椒粉,熬出香味。

4. 最后倒入白芝麻,熬制一分钟即可;需要清油的,最后再用滤网过滤一下,就是香醇的红油了。

5. 将凉面和焯好水的绿豆芽、菠菜以3∶1∶1的比例放入碗中,拌匀。依次放入所有调味料,最后撒上花生碎、葱末,搅拌均匀即可。

## ○ 老北京炸酱面

【食材】

手擀面：200 克

牛肉丝：适量（用料酒、盐调味后炒熟备用）　黄瓜：适量

韭菜花：适量　胡萝卜：适量　西葫芦：适量

（全部切成细丝，韭菜花需要焯水）

麻酱：50 克　生抽：2 勺　香油：1 勺　香醋：半勺　盐：适量

大蒜：2 瓣（压成蒜蓉）（全部搅拌均匀制成麻酱调料）　黑芝麻：适量

【做法】

1. 煮手擀面需要"滚三滚",锅内烧水(水中加少量盐和食用油,可防止面条粘连),水开后下面条,等第二次煮沸时倒入约200毫升的凉水,如此重复三次,然后将面条捞出过凉水。

2. 过凉的面条码入盘中,组合所有的配菜,最后倒上调好的麻酱调料,撒上黑芝麻,老北京炸酱面就完成了。

○ 番外：夏至杨梅软齿牙

夏至时节，苏州太湖边的花果岛——洞庭西山岛的杨梅就成熟了。

有一种顶级的杨梅，传下来个很风流的名字叫"西山浪荡子"。深紫黑色果子，果柱大而整齐，果肉厚而紧实，汁多、味甜，有特有的青草绞碎般的香气，口感沁甜而酸爽。

我曾经采访过当地果农，为什么这种杨梅要叫"浪荡子"？是有个多么风流的民间传说吗？可是果农的回答却是很朴实。因为"浪荡子"杨梅相比其他品种，挂果以后，果柄较长，悬坠枝头，湖面风从四面吹来，用当地话说果子在枝头浪啊荡的，就得了这个"浪荡子"的叫法。

果农的答案既不风情也不诗意，只是用乡音与俚语昵称着他们的

果实，但他们的昵称里有举重若轻的深情。

从此每见一提篮"西山浪荡子"，会惹我产生更多联想——这抛向盛夏的果实，宛如一颗颗绛紫皂红的绣球，它是季节馈赠的一份份成熟的喜悦。它在唇齿间留有余味，说：每一粒好时光，都令人爱不释口。

○ 小暑 | **甜蜜的冰雪**
消暑缤纷水果冰

## ◦ 甜蜜的冰雪

《月令七十二候集解》中有记述:"暑,热也。就热之中分为大小,月初为小,月中为大,今则热气犹小也。"

暑至,一年中最炎热的天气开始。江南断断续续下了两个月的雨,间中稍晴时,日头下就是暑意升腾,所以民间有"小暑大暑,上蒸下煮"之说。

小暑后,出梅、入伏。

一岁过半。

江南盛夏似乎年复一年地热烈有加。不信你等着,太阳一旦从盘桓数周不去的雨云后闪出,就会掷地有声地把酷热撂下——

天下,就开始喧嚣大热。明媚的东西倘若不收敛光芒,显然就大失亲切。

暑气蒸腾里,我们想要一口冷静的。如果甜蜜,更好。

"冰淇凌"这三个字的出处——很多人至今以为是英文 ice cream 的义译,其实不然。

《周礼·天官·凌人》篇中有记:"凌人,掌冰。正月十有二月,令斩冰,三其凌。"这段文字记述了早在周朝,人们就会在冬季取冰窖藏,为夏暑节气时使用。当时,专门的冰窖就称为"凌室",专职管理冬天取冰、夏季发放冰块的官员,称为"凌人"。所谓"三其凌",就是要估算夏季用冰量,在窖冰的时候要三倍(多倍)其量。《诗经·豳风·七月》有一句诗:"二之日凿冰冲冲,三之日纳于凌阴。"这里的"二之日",就是"正月十有二月",是指周历正二月,即夏历十二月。《周礼·天官·凌人》篇中的那段文字后来在流传的版本中"三其凌"被误传成"淇凌",于是不知从何时起,"冰淇凌"就成了对于冰饮的一种称法。[1]

据说全世界最早用冰制冷饮,起源于中国。唐朝后期,在生产火药时开采出大量硝石,发现了硝石溶于水会吸收大量热,可使水降温到结冰。随后就有火药商开始做起了副业,在夏天制冰。一开始冰还是用于降温,后来更进了一步,把糖加到冰里,吸引顾客。到财商比较发达的宋代,出现了专门的卖冰铺子,商人在制冰后开始加上水果或果汁。

---

[1] 目前字典只收录了冰淇淋与冰激凌两种表达。——编者注

到了元代，商人在冰中加上浓稠的果浆、牛奶，基本上和现代的雪糕、冰淇凌已经十分相似。

到今天，吃冰淇凌、雪糕已经完全无关时令，四季供应从无断竭。但是夏天自制点儿棒冰或冰淇凌，还是一件很有趣的事儿。

一到夏天，人容易心智涣散。这样的季节适合在一个长长的下午，找一扇看得到天色的窗，在舒适的坐具里把自己种进去，用很平的腔调说话，无论和谁，聊的是什么，慢慢把话题催眠成静默。所有云谲波诡一并收了，只得静默。

夏天，孩子们都在假期里呈现万物生长的茁壮之势，冰雪聪明。

而慢慢的，发现日子除了茁壮成长和冰雪聪明，有时候也应该有发呆、有懈怠。发呆，是让流光落实；懈怠，是让慌张安稳。能在光阴里看到光线，能在消解里懂得理解。

在时光里静默地游荡，吃一口甜蜜的冰雪。

面对时光，感慨一句：

其实，我们一生做得最多的是两件事——遗忘过去、原谅自己。

# 消暑缤纷水果冰

## 冰雪甜蜜雪糕球

【做法】

1. 哈密瓜切小丁，放入模具中。

2. 倒入酸奶，哈密瓜丁与酸奶的比例为2:1。

3. 小心地震出其中气泡，冷冻后脱模。

## ○ 真果粒橙味冰

【做法】

1. 切取橙肉。

①洗干净的橙子两头切掉，转圈把皮削掉，露出橙肉，要看得到每一瓣橙肉；②沿着一瓣橙肉的瓣衣顺势切一刀，切到橙肉底，但不要切断瓣衣；③再沿着这瓣瓤的另一边，同样的方法再切一刀，刀刃轻轻往外一推，一瓣橙肉就出来了；④同样方法取出所有橙肉，切小块备用。

2. 橙子去皮切成块，用榨汁机榨出橙汁，加入适量糖或者蜂蜜。

3. 将橙汁倒入模具至2/3位置，小心加入切好的橙肉，加满后冷冻，等成形后脱模。

○ **蓝莓酸奶冰糕**

【做法】

1. 蓝莓加入适量糖（蓝莓与糖的比例为2:1），熬成蓝莓酱。

2. 在晾凉的蓝莓酱中加入鲜奶油、炼乳，搅拌均匀。

3. 将蓝莓酱倒入模具至2/3位置，慢慢加入酸奶至满。

4. 冷冻后脱模。

## ○ 芒果炼乳冰糕

【做法】

1. 芒果切小丁,加入适量鲜奶油、炼乳,一起打成芒果泥。

2. 将芒果泥倒入模具至2/3位置。

3. 最后倒入酸奶加满整个模具,冷冻后脱模。

## ○ 什锦莓果缤纷冰

【做法】

1. 猕猴桃、红心火龙果、草莓分别与鲜奶油、炼乳一起打成果泥。

2. 将一层猕猴桃泥、一层红心火龙果泥、一层草莓泥如此依次加入模具中。

3. 冷冻后脱模。

## ○ 青出于蓝爽爽冰

【做法】

1. 青、黄柠檬分别切薄片,小心放入模具。

2. 分别加入榨好的猕猴桃汁(绿色)和蓝色柠檬汁(蓝色柠檬汁的制作:20毫升蓝莓汁、15毫升柠檬汁、300毫升七喜汽水,混合均匀)。

3. 冷冻成形后脱模。

## 大暑

### 爱无永恒　藕有例外

红烧藕圆
凉拌藕丁

## 爱无永恒　藕有例外

"小暑大暑，上蒸下煮。"大暑是夏季最炎热的一天，俗话说"小暑不算热，大暑三伏天"。

我国古代将大暑分为三候："一候腐草为萤；二候土润溽暑；三候大雨时行。"世上萤火虫约有两千多种，分水生与陆生。陆生的萤火虫产卵于枯草上，通常在大暑时卵化而出，荧荧、烁烁，古人误以为萤

火虫就是腐草变成的,在这个时节出现在夜空,点滴闪亮。第二候是说天气开始变得闷热,土地也很潮湿。第三候是说时常有大的雷雨会出现,大雨使暑热减弱,天气渐向秋凉。

苏州,从冗长的梅雨季里出来后旋即漫天大热。

蛮不讲理。

蛮热——霸蛮的热。

真像野兽逼近时一口恶气熏罩,让人感觉气急胸闷嗓子眼儿腥臊,心生躁狂。于是想吃口开胃的、爽脆的。

Ray 说,大暑节气我们吃藕。

○ Ray's 番外:关于大暑吃藕

不知道什么时候开始,"吃藕"二字成了流行的网络语——就是用了所谓拼音梗,读快一点就发音成"丑"。好像还附带有衍生义,就是"穷到吃土"。

Olivia 问我,为什么要在大暑节气做以藕为食材的家常菜。我想,这大概是我怀旧吧。因为有那么几年的大暑天,这两道藕食是我家消夏聚会的"看家菜",这两道菜一度是我家大暑节气的"家肴"的门面担当。这段"吃藕"岁月,想想倒也真是一段"穷开心"的时光。

2000 年前后,我二十岁出头,新婚。我先生是大学毕业留在苏州的"新苏州人"。我们倾尽所有付了新房的首付,终于有了一个自己的

家。说是新房,其实真可以算"家徒四壁"。粉完墙、铺完地砖,就没钱继续什么软装。当时年纪轻,快乐也来得简单。有了新房子已经大满足,就这样搬进去住。一开始我们家连沙发也没有,我们俩就一个月一个月,列好清单,等着发工资就添一样再添一样。

现在回想起来,那时候的日子真是十足简单又容易快乐。那种白手起家的创建,大概是一生最初夯实的基础。

因为我们在同龄同事中算成家比较早的,那个简单得连张沙发都没有的家,很快就成了单身朋友们的聚集地,三不五时地就有一屋子天南海北来到苏州的年轻人相聚。我下厨房、做小菜,就从那时候开始渐成习惯。每每聚会人一多,大家索性席地而坐,家里有什么菜就吃什么菜,有一次甚至只有一大锅鸡蛋西红柿煮方便面,大家也大快朵颐。

就是那年夏天,我学会了做藕。凉拌藕丁可以当零食,而红烧藕圆因为有了肉,算得上是我们聚会食谱里的大荤了。我不断去讨教求学如何调出好味的红烧汁,几次练手后,再次亮相,绝对"菜惊四座"。从此后,但凡这道菜上桌,朋友们鼓舞得就像过年一样。后来有朋友提议,因为过年大家都天南海北各回各家,不如就把过大暑当成过大年。之后几年,每逢大暑,这些朋友就来我家聚会,压轴大菜必是红烧藕圆。——有朋友解说"藕圆"二字的美意说:就如我们彼此是"偶然相逢,遂成团圆"。于是,这道家常菜更添了大好寓意。

就这样,一个又一个大暑节气,我们这个小家和那群天南海北来到苏州工业园区的"70 后""75 后""新苏州人",就着凉拌藕丁和红烧藕圆,吃着我们年少昂扬的"团圆饭"。

又过了几年,聚会圈的年轻人陆续成家、立业、生子。和我们一样,白手起家,开始有了自己在苏州的一间新房、有了家……

慢慢的,我们都越来越忙、越来越忙。升职、乔迁,我们都换了房子,搬了新家,各自生活半径越拉越远。不知从什么时候起,就变成偶尔遇见、难得相聚。

2016 年,我和 Olivia 做了这个小小的微信公众号,很多当年的朋友也关注了我们。在大暑节气前,他们说:Ray,你大暑做一期藕圆吧。

好的,我做了。今天大暑,欢迎当年的你们再来我家,一起吃藕圆。

我怀念那个藕圆的味道。

我怀念那个时候的我们。

## Olivia's 番外：关于藕

Ray 在深夜给我发"红烧藕圆"的邮件，写了前面那篇很长的文字。她不是一个很喜欢煽情的人，所以读到这样一篇文字，很感动。她新婚那几年，我北漂，并没有参加过她家席地而坐的聚会，没有吃过那些大暑节气的"团圆饭"和那道当年确实颇有点名气的"红烧藕圆"。所以今晚我决定——去蹭饭。

藕是我爱吃的。最近一直看中国古代神话，顺便也研究仙人们的吃食——自古仙人多吃货啊！有机会我一定开专栏来写。我发现仙人们最钟情的莫过于桃和藕。所以与其说藕是鲜食，更不妨说是"仙食"。

不过，说回作为"四时五味入口"主笔人的我，向来负责写美食之外的题外话。所谓宕开一笔，我就此宕开……

关于"藕"，我最喜欢的一句话莫过于"爱无永恒，藕有例外"。

这句话是一家酒肆的 Slogan（标语）。酒肆在北京后海的烟袋斜街，名字就叫"藕"。

这句广告的高明之处就在于，在现世真相里投放下侥幸渴望——直击真相，又一念慈悲。这大概也就是那么多人愿意相信爱情的原因。

那条斜街，那家酒肆，在那些年仿佛总是事关爱情。后来想，其实只是那时的年纪事关爱情，与场地无关。

酒肆的概念,就是经营酒与餐——餐是泰国菜。2002年的夏天,这家叫"藕"的酒肆新装盛开的时候,惊艳过多少弄潮儿。我最后一次去那里,已经是十年后的2012年,依然盛夏。店铺大概是易了主,旧气不说,做作了很多。花枝招展的俗鄙,弄巧成拙,辜负了当年化拙成巧的灵犀。当年的"藕"和它的孪生酒吧"莲花",无争的是斜街上的一双头牌,绝色的妖粉配鲜绿,明火执仗得艳丽妩媚、轻佻斑斓,颓败的高昂,落寞的摩登,又芬芳又感伤,又骄傲又惆怅。

因为相信"藕有例外",很多人当年在这里留言给他们的爱情。

我看到过最难忘的一句话是:"我什么也没有做过,我只是爱过他。"

人世间的感情不过两种,相濡以沫和相忘于江湖。只不过相濡以沫的也许难免半生怏怏,相忘于江湖的也许追思刻骨。

所谓"爱无永恒",大概就是因为,其实没有什么长相守。守是守不住的,通常能善终的是相送到底。至于成全,都是自己成全自己。

所谓在婚姻里各取所需,在爱情里自取所需。

这一笔真是宕得很开了。So,我就是这样一个主笔人。

## ⭕ 红烧藕圆

【食材】

鲜藕：250克  肉酱：250克  盐：适量  料酒：2勺

蚝油：1勺  老抽：1勺  鸡蛋：1个  面包糠：3勺  葱花、姜末：适量

香菜：适量  白芝麻：适量  料油：1勺  生抽：2勺

味淋：2勺  白糖：3勺  水：50毫升  玉米油：适量

【做法】

1. 取250克鲜藕，洗净刨去外皮，切去两端藕梢。

2. 用食品料理机把藕粉碎，粉碎的过程不要加水，藕里本身有藕汁，全部保留备用。

3. 选取三分肥七分瘦的肉酱，加入所有藕末，依次加入1个鸡蛋、料酒、

盐、蚝油、老抽、葱花和姜末,将加足料的肉酱搅拌均匀,最后加入面包糠,搅拌上劲。

4. 搅拌好的馅儿,用小勺做成肉圆,放油锅里炸定型,炸制的过程中尽量不要去翻动,炸至金黄色捞出备用。

5. 锅内保留少许油,再将炸好的藕圆放入,然后倒入调制好的红烧汁,盖上锅盖开中小火煮5分钟,至藕圆入味,关火。

6. 出锅,放上香菜,撒上白芝麻摆盘。

## ○ 凉拌藕丁

【食材】

鲜藕：两节　玉米油：适量　小米椒：5个　花椒：10粒

葱：适量　姜：适量　蒜：适量　盐：适量　生抽：2勺

醋：1勺　老抽：1勺　麻油：1勺

【做法】

1. 鲜藕洗净去皮，切成小丁。

2. 锅中加水，适量盐、油，煮沸后，将藕丁焯水3分钟。

3. 焯过水的藕丁用漏勺盛出放入凉水中冷却。

4. 藕丁中加入生抽、老抽、醋、麻油、适量盐先拌匀。

5. 将小米椒、葱、姜、蒜切碎备用。

6. 起油锅先倒入准备好的蒜末焖成棕色蒜酥,然后捞出。

7. 油中依次加入葱末、姜末、小米椒焖香,最后加入花椒粒。

8. 将炒香的调料拌入藕丁,最后加上蒜酥和葱末装盘。

冷藏后风味更佳

立秋

总要有些随风
有些入梦
有些长留在心中

荷叶粉蒸肉

· · · ○ 总要有些随风 有些入梦 有些长留在心中

立 秋

高晓松 词/曲

你坐在椅子上看着窗外流过的光

你伸出双手摸着纸上写下的希望

你说花开了又落像是一扇窗

可是窗开了又关像爱的模样

你举着一枝花等着有人带你去流浪

你想睡去在远方向一个美丽童话

那本书合了又开飘落下梦想

我们俩合了又分像一对船桨

总要有些随风 有些入梦

有些长留在心中

于是有时疯狂 有时迷惘 有时唱

有一句相传的民谚："早立秋，凉飕飕；晚立秋，热死牛。"这里说的早、晚立秋，是以中午划分。民谚让我们自幼相信，如果立秋时间在上午，则秋风一起，天气就会渐趋凉爽；但倘若立秋时间在中午 12 点以后，那只能无奈地把手里的蒲扇摇起，三伏天过后，恐怕还有只"秋老虎"在后！"秋老虎"是我们江南这边形容立秋后的炎热，很形象的。那种蛮不讲理的热，有野性难驯的凶猛，人是无可奈何的。

立秋这一天，南北方共通的节气饮食莫过于"贴秋膘"。苏州传统风俗有"洗早澡""称重"和"啃秋瓜或秋桃"。洗早澡就是早起用温水洗一遍身体，据说这样可以排毒消夏。而立秋称重，则是对"立夏称人"的呼应。

《清嘉录》中有记述："家户以大秤权人轻重，至立秋日又称之，以验夏中之肥瘠。"这说的是清道光咸丰年间的苏州。

《清嘉录》是一个二百年前的"90后"写的。大概十九世纪初，姑苏城里有个身世富贵、狎邪青春、诗情文茂、终身不仕的才俊，他叫顾禄。从名字看，这个出生优阔的才子，是被家长寄予了富贵的远望的。只是随着长成，他意气风发、快意任侠，终日游方各地，寻访结交才俊，以一己清狂而在故土知名，当时吴中名贤、势族、豪杰，无人不识。

顾禄是个玩家，文采也着实不俗。看看书名：《雕虫集》《紫荆花院排律》《骈香俪艳》《酒春秋》《看枫约》《壶中揽胜》《羽族棋谱》《烟草绿》等等。他大概活了五十岁，写了约有二十本书。可以说吃过玩过喝过乐过的皆写过，这也确实是一种风流。

而其中最有名的，就是他二十多岁写的一部《清嘉录》和去世前完成的《桐桥倚棹录》。这两部苏州民间风物志，一部以时间为索引，一部以空间为架构，用笔墨为后世存盘了一个十八世纪末十九世纪早期的姑苏城乡生活即景。一本书就是一个入口，以四时五味、以众生活法。一页翻入，二百年回还——

那个生于1793年的"90后"顾禄，正在一个立秋的清晨，木盆洗将温水澡，啃一个吴江挑上来的秋桃，从他位于山塘的家——抱绿渔庄出，越过虎丘前的桐桥，过山水、名胜、祠宇、坊表、义局、会馆、堤塘、溪桥、场弄、第宅、园林和市廛，手里摘几柄阔大的荷叶、两枝迟放的莲花，去赴一场秋宴……

一年一立秋，命运杂沓，时光循矩。

要上秤约重的，与其说是肉身，不如直接点说就是吃货，称的是下一顿饭的胃口。无论一夏的暑气是否真能消耗赘肉，秋膘还是要名正言顺地贴一贴。

北方人的立秋，可以一桌肉菜大快朵颐，或者……呃，依然吃饺子。饺子大概是北方除了端午粽子和中秋月饼外，可以通杀所有中国节日的时令美食。南方因为天热，秋膘贵在肥而不腻。老苏州喜欢在这天吃一碗苏州经典的焖肉面，宽汤、细面、焖肉，肉质酥烂，味鲜汁浓。

或者，去相城找一片荷田，摘几张新鲜荷叶，回横街菜场，提两斤活杀的鲜肉，做一道应时的"秋膘"——"荷叶粉蒸肉"。

## ○ 荷叶粉蒸肉

【食材】

五花肉：500 克　大米：150 克　荷叶：3 张　山药：1 段　豆瓣酱：2 勺

老抽：1 勺　生抽：2 勺　料酒：2 勺　干红辣椒：2 个　八角：半颗

花椒：十几粒

【做法】

1. 腌制五花肉

①选肥瘦相间的新鲜五花肉；②将五花肉连皮切成厚5毫米左右的大片（是切片不是切块哦）；③在肉中加入料酒2勺、老抽1勺、生抽2勺、豆瓣酱2勺，搅拌均匀后，腌制2小时。

2. 炒制蒸肉米粉

①荷叶粉蒸肉在当季必选新鲜荷叶，荷叶冲洗干净，平铺在笼屉底部；《随园食单》的菜谱是垫白菜，也有一些酒店是垫土豆片，考虑夏秋之交，Ray的选择通常是垫山药片，山药助消化，敛虚汗，健脾益胃；②利用腌肉的时间，可以自制蒸肉米粉。蒸肉的米粉各地有不同，或糯米，或糙米，或粳米精米各半，Ray的经验是选择当年的新米——炒锅保持干燥，冷锅加热至温而不烫，倒入大米开始翻炒，Ray还会加入2个干红辣椒、半颗八角和若干花椒，中火，不停翻炒至米色发黄，闻到浓郁炒米香味即关火冷却，待用；③肉片用转圈的方式铺在笼屉里，铺的时候动作要轻，不要用力压；④蒸锅内加足量水，大火烧开，转中火蒸约40分钟，停火、蒸笼出锅。

○ Olivia's 番外：关于粉蒸肉

饕客对一块上好的粉蒸肉的评价是：入口肥美、酥烂解腻、舌感嫩粉、沁香咸甜。

这么性感的辞藻合该形容女人，而且还是熟女。张爱玲如是认为。

1943年，23岁的张爱玲认识了当时上海畅销文学月刊《紫罗兰》的主编、苏州作家周瘦鹃。5月刊，张爱玲发表了使她一文成名的代表作《沉香屑·第一炉香》。

在该篇小说里，张爱玲借女主角葛薇龙——一个从上海到香港的女

孩子说过这样一句话:"如果湘粤一带深目削颊的美人是糖醋排骨,上海女人就是粉蒸肉。"

这一句比喻后来比原小说更加招摇,甚至被愈演愈烈地演绎成张爱玲的一种"女人观",说所谓"粉蒸肉"是旗袍下江浙沪女子绵里藏力、欲拒还迎的魅力,"糖醋排骨"则是形容南粤女子的风火利落。

我对过多的附会衍生没有什么好感,个人觉得在江浙菜系里长大的张爱玲应该是爱吃这道菜。因为在她紧接着的若干篇小说里,那些上海人家——无论刻薄还是温暖,上桌好菜里常见这道粉蒸肉。她在散文里也有写过,自己离了上海,除夕年夜饭爱吃上一块粉蒸肉,爱的就是入口肥美、酥烂解腻、舌感嫩粉、沁香咸甜。


"荷叶粉蒸肉"吃下,就立秋了。

秋,揫也,物于此而揫敛也。立秋后,初候凉风至,二候白露降,三候寒蝉鸣。

叶落而秋回。 很快的,盛开了一夏的荷塘,会在秋色涟波里菡萏香销,只余一池蕖叶,枯坐、静听许多秋声。

高晓松曾经写过一首很好听的歌,就叫《立秋》。我年少的时候,喜欢反复吟唱那一句"总要有些随风/有些入梦/有些长留在心中",那时候我觉得这意境叫"忘我"。年岁渐长,再听这首歌,觉得这一句的意境其实是"知己"。

少年的时候,总觉得一腔义勇是用来追求"百战不殆"的场面。

如果把四季比作人生四等分,立秋大概就是岁在不惑。青春将尾,回首所有扭捏迷茫的青春萌生和嚣张奔突的焦灼盛年,多少"浪掷韶华",多少"时光四溅",其实"我们真实的人生不是我们天赋的能力决定的,而是我们自己的一次次选择造就的"。(It is our choices that show what we truly are, far more than our abilities.)

站在立秋的不惑之年,我想所谓成功的最高境界不是"百战不殆",而是"知彼、知己"。

或者比起知彼,知己才是我们一生最终面对的决胜局。

或者知己,是我们一生唯一的使命。

处暑 | 与炎凉相遇

橙香鸭脯小米糜

## 与炎凉相遇

处暑。

一年去了三分之二。过完了,用完了,日子是炎凉自知,就像这个节气——处暑,介于炎凉。

"处"这个字在这里作"止"和"隐退"意。处暑,就意味着炎炎暑气渐有止意,秋凉可待。

日复一日,遂历炎凉。

处暑过后几日就要出伏了,记得小时候带大我的阿婆——是浙江诸暨人,每到这个节气她总教我一句谚语"处暑十八盆,白露身不露"。大概的意思就是过了处暑,天也慢慢没那么热了。以前夏天洗澡,家家都是用个大木盆,烧壶热水兑冷水。"十八盆"就是说这一天之后,再洗十八天澡,洗澡盆就可以收起,因为天渐凉,也无须天天洗澡。"白露"一过,连贪凉的男孩子也都不再光着膀子打赤膊了。

节气是时光驿站,过隙的白驹奔到"处暑"这站,把岁月炎凉的牒文在此交替。

处暑这个节气，南方有吃鸭肉的食俗。作为食物的禽类，老饕袁枚在他的那本《随园食单》里将之列为"羽族单"，其中鸭子的做法不下十种。吃鸭子在江南，特别是故吴旧里是有着千年文志的。我国早期著名地方志书《吴地记》里就有记载：早在春秋战国吴越一带，"吴王筑城，城以养鸭，周数百里"。可见筑地养鸭而食，是吴地老传统。

到了六朝，就是"金陵鸭肴甲天下"。六朝时期的一些史志上都有记载鸭肴。最有趣的是看到在《齐春秋》里有记，说陈军在与北齐军交锋中，陈文帝战前犒军，"炊米煮鸭"，用一千只鸭子大宴将士。这场阵地野炊，"人人裹饭，媲以鸭肉"，士气大振。再战时，陈军攻之，齐军大溃。这大概是败军一方的史官，在正史里写下的最有烟火气的战争小结。那垂涎于对仗一方"钦赐"鸭宴的耿耿于怀，千年后读之反而令人莞尔，甚至能从史书文句中通感到那口口战地大锅热气腾腾的鸭肴余香。

宋代以后，烹饪鸭肉已经在金陵食肆盛行开来，渐成特产。从蒸、烧、卤到煨、焖、烤，到了明代，出现了挂炉烤鸭、咸水板鸭。明代万历年间的江宁大才子顾元起，七辞朝廷诏命为相，一根傲骨笔挺。不过遁回书房著书立说的他，舌尖还是软的，在他最著名的《客座赘语》煌煌十卷四百六十多篇里，绘声绘色地详述了明朝金陵的地貌交通、山川河流、风土人情、街道坊巷，名人逸事、传说故事，衣食住行、花鸟虫鱼等。特别是谈到吃鸭这件事时，顾才子同样笔底难歇："购觅取肥者，用微暖老汁浸润之，火炙色极嫩，秋冬尤妙，俗称为板鸭，其汁陈数十年者，且有子孙收贮,以为恒业,每一锅有值百余金。"这几句老饕的信笔,足可见那时鸭宴红火,守得一锅烹鸭老汤秘方的子孙们,已经可以从锅中自取黄金屋了。

随着明都北迁,烤鸭技艺传至北京,形成如今的北京烤鸭。那时起,南来北往,一鸭可成席。

吃鸭肉最好的季节是农历八九月前后,正是稻谷飘香、桂花盛开时。鸭肉性凉味甘,入肺胃肾经,有滋补、养胃、除痨热、消水肿等食疗之益。在历经炎夏暑毒后,"处暑吃鸭"这个民间食俗看来确实有它的据由。

"处暑鸭"的做法五花八门,有子姜鸭、荷叶鸭、核桃鸭、百合鸭等。Ray这次烹饪的是一道橙香鸭脯,搭配小米糁食用,可以更好地养胃安神。

## ⦿ 橙香鸭脯小米糜

【食材】

鸭脯：2块　橙子：3个　新鲜无花果：2个　小米饭：1小碗

玫瑰盐：少许　黑胡椒粉：少许　红酒醋：1大勺　橄榄油：1大勺

牛奶、芝士：适量

【做法】

o 鸭脯做法

1.将鸭脯洗净，用厨房纸吸干水分。

2.用小刀将鸭脯肉上粘连的筋膜剔净，鸭皮下油脂可小心地刮去少部分，但仍须保留必要的鸭油待用，然后将鸭脯背部切菱形刀；处理好的鸭脯，正反面用玫瑰盐和黑胡椒粉腌渍约 30 分钟。

3. 锅内不要放油,将腌好的鸭脯有油脂的一面朝下,进行煎制;煎制过程不翻面,把油脂全部煎出,皮呈褐色发脆时翻面,再煎鸭脯另一面稍至变色即可。

4. 烤箱预热 180℃,烤盘底部垫洋葱丝,撒少许玫瑰盐、黑胡椒粉和橄榄油,把煎好的鸭脯皮朝上平铺,烤 10 分钟。

5. 从烤箱中取出,将鸭脯切成约 1 厘米厚的肉片。

○ 香橙佐酱做法

1. 橙子洗净,用刨刀取橙皮,约 1 寸长,然后切成细丝(只要橙皮,如果不小心切下白色的部分,要用小刀刮干净,否则会影响香橙汁最后的口感)。

2. 取三个鲜橙,一个取橙肉、两个榨汁,备用。

3. 将鲜榨橙汁倒入小锅,小火煮至浓稠时加入切好的橙皮丝,继续煮3分钟后关火;待橙汁降至常温后,再加入橙肉,即可制成佐酱,淋至烤制后的鸭脯上,清香可口,生津解腻。

o 无花果红酒佐酱做法

1. 新鲜无花果有健胃清肠、利咽开胃的功效,也可以提振食欲;同样也可以制成淋汁,配食鸭脯。

2. 鲜果洗净切块;平锅内倒少许橄榄油,将无花果略煸炒一下,待果实微软,加入红酒醋,翻炒均匀。

3. 关火，等温度降低，酱汁会呈现油亮的啫喱状，淋于鸭脯皮上，吃口轻甜轻酸，鲜美可口。

○ 芝士小米糜做法

1. 小米粥可能是最平易最家常的粗粮，烹饪简单，容易消化又营养丰富，含较高的叶酸、维生素 $B_1$ 和各种微量元素，因此做一道小米糜搭配鸭脯，营养丰富全面。

2. 小米糜制作十分方便，将煮熟的小米饭加入牛奶和芝士，用搅拌器打磨成糜状即可。

◯ Olivia's 番外：关于处暑

"处暑"的"处"字，繁体字作"處"，这是从象形字而来，在可以查找到的金文中，"处"字是上下结构，上部结构是象形的"虎头"，下部右侧是象形的"虎爪"，半包围着一个站着的象形的"人"。由此也可以理解"处"字原义是表示"恶虎虐人"。也确实是。暑气霸蛮的"秋老虎"施虐长久了，确实需要在一个时间节点离开了。

我家西窗外，一河之隔，是一所中学。今天清晨，沉寂了一个夏日的操场响起了校园广播的试音。是哦，还有一周，孩子们就要开学了。

我的一个闺蜜决定送孩子出国读中学。之前筹备时，她一往无前地果断果敢，两耳不闻窗外。可真到了万里分别前的登机口，母子俩哭到几近溃塌。最后她先生连拖带抱，算是把她挟回车里。她一路给我打电话，问的问题真是深沉。她说：是不是归根结底，没有什么地方是这辈子一定要去的，没有什么事是一定要坚持或妥协，甚至没有什么人是一定要爱到底的。

我被她问得也是很无语。我说你怎么连牵肠挂肚放心不下的母性本能都可以表述成这么文质彬彬的知性？根本是儿女情长的家常嘛，偏要用《时间简史》般的表达。

我以前和闺蜜讨论过知性女性。

我说，所谓知性女性，其实就是任性女性。知性无非就是赋予我们某种勇敢，在某些自以为是的时间、地点、人物、事件上任性了一下，怦然心跳地对自己说,听本能感召吧,做最想做的事。结果通常根本不唯我控制。

知性,让我们这样的女性没有神的信仰,也注定不能过唯神命是从、唯命是从——心甘情愿的简单生活。

我们努力追求正确的生活,却一心向往有趣的活法;包括爱情或者是事业成功在内的多数事,要想有结果,除了适可而止的能力,就只能期待极好的运气。

不过我并不想沉思。时光留不住,毕竟东逝去。谁不是各自分头成长呢?生命总是不断履新的,有人入学,有人毕业;有人就业,有人辞职;有人相爱,有人离别……

红尘芸芸,我们都在众生中过一生。

这个夏天值得记忆的是蓝天白云,那就愿阳光灿烂、明媚依旧。即使炎凉未知,人生有信、有望、有爱。

白露

秋水　成全相思

桃胶银耳冰糖炖雪梨

## ○ 秋水　成全相思

> 蒹葭苍苍，白露为霜。所谓伊人，在水一方。
> 溯洄从之，道阻且长。溯游从之，宛在水中央。
> 蒹葭萋萋，白露未晞。所谓伊人，在水之湄。
> 溯洄从之，道阻且跻。溯游从之，宛在水中坻。
> 蒹葭采采，白露未已。所谓伊人，在水之涘。
> 溯洄从之，道阻且右。溯游从之，宛在水中沚。

蒹葭已苍苍，凝白露为霜。夏归秋至，一年如逝。如逝如是。如是如是。

"白露秋分夜，一夜凉一夜。"

二十四节气中的"白露"，按老法说来，是一年中昼夜温差最大的一个节气。暑热的余威，到这里已渐成强弩之末。"秋老虎"像《少年派的奇幻漂流》里登岸的理查德·帕克，并不流连地向时光那头走去，渐隐在又一年又一夏的收梢处。

从小爸爸会在这一天说一句"白露身不露",叮嘱我这天开始不能再赤脚穿凉鞋。

《七十二月令》分白露为三候:"一候鸿雁来;二候玄鸟归;三候群鸟养羞。"迁徙的鸟儿即将南飞,它们日夜兼程展开的翅膀下,应该秋风已凉。远远,冬似已在望。

"何处合成愁?离人心上秋。"

这句千古名句出自吴文英的《唐多令·惜别》。除了起首这句,整首词朗朗上口,恰似清秋轻凉的胸臆。

何处合成愁。离人心上秋。纵芭蕉、不雨也飕飕。都道晚凉天气好,有明月、怕登楼。

年事梦中休。花空烟水流。燕辞归、客尚淹留。垂柳不萦裙带住。漫长是、系行舟。

写这首词的吴文英,南宋词人,宁波人,旅居苏州,一住十数年。吴文英,字君特,他也确实是个有点"特"的人——此人《宋史》无传,一生未第,游幕终身。"游幕"一词本就有两解。一解是指离开故土去他人门下做幕僚,另一解就是指离开故土旅居他乡。吴文英两者都兼了。终身未仕的他,行走苏杭,没钱了到亲王、官僚家当门客,有点钱就四处游走。终其一生,除了留于红尘一本《梦窗词》,再无外物。

但这部《梦窗词》和吴文英,都在中国文学史上占有一席之地。吴词的文品和数量在南宋诸家中仅随辛弃疾之后。他的词生新奇异,后世尊其为"词中李商隐"。他写池水是"腻涨红波";写云朵是"倩霞艳锦";写花容是"妖红斜紫";写春节民俗场面,只六字,"剪红情,裁绿意";春风扬絮,是"落絮无声春堕泪";秋雨落花,是"飞红若到西湖底,搅翠澜、总是愁鱼"。

吴文英的词作,形成了唯他所有的一种文字风格,"绵丽"。"清末四大家"之一、一生致力于研究词学的况周颐先生曾评价吴文英的语文是"能令无数丽字,一一生动飞舞,如万花为春"。我第一次读到这句评语特别感动,情深如此,若吴文英有知,如晤知音。

但是吴文英这样一位卓越的词人，因为从无官籍而未被"载入史册"，以至其生卒年份都基本是靠猜的。从何猜起呢？从他自己以及同时代词人题跋记事的三言两语里。那三言两语，其实不过是随手一笔的流水账。但是一个大词人"旁逸斜出"的一生却只能在流水点滴里断章取义，在字里行间以只语片言拼凑。

晚辈后生终究是无从详考吴文英的人生。他的诗词千古，他的一生不详。

我们会如何被记得？

在墓志铭上？在晚生辈的模糊印象里？

那么有谁能告诉我，那第一句"蒹葭苍苍……"又是谁的心事，欲写与谁人知？

三千年前的一个白露时节，芦荻瑟瑟的秋水边，那个赋比兴的诗人的姓名没有随他的诗千古；千古的，只有清秋轻愁，延连未歇。

蒹葭苍苍，白露为霜。所谓伊人，在水一方。溯洄从之，道阻且长。溯游从之，宛在水中央。

《蒹葭》是《诗经》里脍炙人口的名篇。它和另外那三百多首收录于《诗经》的篇章一样，情不知所起，一往而深。那一方芦洲荻渚、霜天烟江间的秋水间，所谓伊人，究竟是谁？可思而不可见，可望而不可亲。她是眼前人，还是意中人？是不可追，还是唤不回？秋心可以赋诗，却有口难言。

《蒹葭》以淋漓尽致的朦胧,成为中国诗歌三千年来实笔写虚像的一个高度。——而在那个白露时节过去两千多年后,南宋时的一个宁波人吴文英,午睡梦醒,他写下描摹梦境的词作《踏莎行》,结句"隔江人在雨声中,晚风菰叶生秋怨"被后世词家认为虚境与实情乍离乍合,不可追寻,词韵可以直承《蒹葭》。

——原来上下数千年,是秋水,让无名的诗人和无生平的词人长情与共。

心上的秋水原来是浩淼的相思。

秋凉如水。秋凉,如心动如水。

## ○ 桃胶银耳冰糖炖雪梨

"春夏养阳，秋冬养阴。"白露时节，秋意渐浓，是人体阳消阴长的过渡时期。

Ray 在白露时节做了一道对应时令的"秋水"——就是顺应秋季养生的桃胶银耳冰糖炖雪梨。

银耳冰糖炖雪梨是一道经典的秋季汉族药膳。雪梨，就是雪花梨。李时珍在《本草纲目》中记述道：雪花梨性甘寒，清心润肺，生津消痰。冰糖有生津润肺、清热解毒、利咽降浊的功效。加热过的梨含有更大量的抗癌物质——多酚。银耳，则富含天然植物性胶质滋阴润肺。

银耳冰糖炖雪梨是千百年来经典清秋甜品，上至殿堂，下至民间，老少咸宜。诗人笔下的"秋水"，千年以降，或许忧伤；灶头炉火上煨炖的"秋水"，一样千年清香，最是温暖了肺腑，清润了肝肠。

而 Ray 在这一款经典的秋季养生糖水中又加了一味独特的食材——桃胶。

桃胶，是桃树皮中自然分泌出来的树脂。干的桃胶呈结晶石状，看着有点像琥珀。桃胶含有碳水化学物、植物胶原蛋白等，有足够水溶性和适当黏度，用清水浸泡十多个小时后泡发变软，可以清血降脂。

【食材】

雪梨：1个（300克）　桃胶：10克　银耳：20克　木瓜：50克

冰糖：30克　清水：1000毫升

【做法】

1. 桃胶用清水浸泡10小时至软涨，中途换几次水；小心仔细地去除桃胶表面杂质，分成均匀的小块。

2. 银耳用清水泡30分钟，变软后用流水清洗，去除银耳根部，同时用手掰成小朵。

3. 雪梨去皮，挖去中间的梨核，做成中空的杯盖状备用。

4. 银耳和水入锅,大火煮开后文火煮 30 分钟,银耳的汤汁开始变得有些黏稠。

5. 将泡好的桃胶放入银耳汤中,同时加入冰糖,继续文火煮 30 分钟。

6. 将雪梨盏放入炖盅,将煮成的银耳桃胶小心地装入梨盏内,中火隔水炖 30 分钟至糖水汁浓稠;关火后将炖盅取出,可加入新鲜小块的木瓜丁入糖水。

温热一盏桃胶银耳冰糖炖雪梨,只为伊人。

这只饱含秋水的糖梨,慢慢吃,不分食。食物无言,烹者用心,食者有心,自然懂得其中美意。

只愿爱意如胶,岁月不逃。

秋　分

一叶落而知天下秋
你就做花朵

桂花椰蓉千层糕

## 一叶落而知天下秋,你就做花朵

清平乐·忆吴江赏木樨

[宋]辛弃疾

少年痛饮,忆向吴江醒。明月团团高树影,十里水沉烟冷。

大都一点宫黄,人间直恁芬芳。怕是秋天风露,染教世界都香。

最好秋分的时候来江南,并且要夜深入城。

在万籁俱寂里,这座城市,你看不真。可以不看,静静进来,一路慢慢懂得了香。

有桂花,香得响亮。

桂花,学名叫木樨。

凉意在甜蜜里中止,甜蜜却流长。这就是之所以在民间,桂花又叫"九里香"。九之数,是无限的虚指。桂香如蜜,汩汩不歇。

每年的这个时节,呼吸都是甜的。

苏州人有"木樨蒸"之说,妙在"蒸"字。

花香一夜盛大,蒸腾四溢。所以用"蒸郁"这个词形容桂花烂漫,是不错的。

## ○ 桂花椰蓉千层糕

【食材】

糖渍桂花：50克　椰蓉：50克　椰浆：200克　牛奶：240克

马蹄粉：200克（分成90克和110克）　冰糖：80克　水：500毫升

【做法】

1. 糖渍桂花味甘、性平,有润肺生津止咳、和中益肺、舒缓肝气、滋阴调味的食疗功效;将冰糖溶化于水,加入马蹄粉(90克的量),融合至完全没有颗粒,再加入糖渍桂花,形成桂花椰蓉千层糕的金色的桂花层原浆备用。

2. 椰浆与牛奶、马蹄粉(110克的量)搅拌均匀,加入椰蓉,形成桂花

椰蓉千层糕的白色的椰蓉层原浆备用。

3. 蒸锅水煮开,在模具中先加入一勺白色的椰蓉层原浆,蒸 3 分钟,成形。

4. 在成形的椰蓉层上,轻注入金色的桂花层原浆,比椰蓉层略薄,再蒸 3~5 分钟成形。

5. 如此一层叠加一层反复蒸焙,每层蒸 3~5 分钟,待糕体固定后,再添加上面一层,最后一层添加完毕,整体再蒸 10 分钟,即成。

【Ray's Tips】

1. 马蹄粉易沉淀,每次添加前都要把沉到底部的粉重新搅拌上来,再加入蒸锅,否则糕体不容易成形而会变成糖水浮于表面。

2. 蒸制过程要有耐心,等一层完全成形后再添加另一层,才能做出漂亮的千层效果。

往往只一夜，忽然间闻见桂花响亮的香气——响亮得像美声在夜里深沉放歌。遍寻不着它，却是弦歌四伏，挺拔英俊，气宇轩昂。

连夜都明亮。

一叶落而知天下秋。

叶落的季节，我们不妨就选择做一朵小花，在秋分时节流行的风里，抖擞的，香在回头处。

用自己的腔调，香得响亮。

寒露

用祛寒的名义问暖

赛螃蟹

## 用祛寒的名义问暖

长假的最后一天,江南秋雨,花叶席地。一度随气温忽高忽低而下落不明的秋意,雨落起底,乍寒现身。

"冷暖哪可休,回头多少个秋……"

寒露,秋纵深,寒意显露。

"九月节,露气寒冷,将凝结也。"凉风动,寒露。二十四节气中第一个带"寒"字的节气,意味着炎凉交替在大江南北全面完成;凉爽渐隐,寒冷出线。

寒露时节,进入农历九月,所以又叫"九月节"。每年此时,大江南北饕客的餐桌早已按捺不住换季——进入"九雌十雄"的"蟹季"。

"九雌十雄"是吴语对阳澄湖大闸蟹肉质成熟鲜美的简练精辟的概括,也就是老上海们说的"九月圆脐十月尖"。九月雌蟹肉肥黄泽,十月雄蟹膏汁壮口。蟹黄与蟹膏分别是雌蟹和雄蟹的性腺。所以想想这大闸蟹,吃得真是活色生香的"性灵食色"。

相传第一个食蟹的是一个叫巴解的力士。这个人大抵就生活在今苏州阳澄湖边。大禹治水来到这里,看他膀大腰圆的,就委任他做现场的督工。巴解"走马上任"的第一夜,原地休息的治水劳工就阵脚大乱,细问究竟,原来是有一种凶猛的八足双螯水虫横行营里,夹人伤人。巴解命营地举火照明,发现那夹人虫身形怪异,背盖硬壳,螯足强劲,用徒手赤脚不仅伤不到它,还反被它所钳制。巴解苦思冥想,想出沸水浇杀法。在驻地四边挖壕,夹人虫跌入壕沟时,四面灌以沸水。夹人虫成群被烫死,竟然散发出鲜香。治水劳工没人敢尝试,巴解性情勇猛,率先剥食了一只,发现味道极其鲜美。这一下子,夹人虫从此成了珍馐。

这个传说真假无从考辨。有人说,"蟹"字上部"镇压住了""虫"字的"解"字,正是因为巴解的名字。后来阳澄湖边的一座小城,取名"巴城",同样也是为了纪念他。——治水的丰功,最终是让大禹英名

千秋。而数千万计像巴解这样的治水劳工，却没有任何名姓的流传可被后人遥记。倒是在食谱上，记下一笔英雄名。

如果说巴解因为英勇而成为最敢吃蟹的男人。那么最会吃蟹的男人，在吃蟹中玩出的花样，是巴解粗线条的烫食法所万不可及的。而花样吃蟹中，鼎鼎有名可以并列一甲的，我觉得是张岱和李渔无疑。

张岱比李渔大十四岁，都生在明末，同是浙江人——张岱生在绍兴，李渔生在金华。两个人的文采风华已经太过著名。

我觉得张岱在大雅里把通俗写得绝妙，他的《陶庵梦忆》《西湖梦寻》《夜航船》《琅嬛文集》，文字之美，美得只能用世代诵咏千古不忘来纪念。《湖心亭看雪》里那一句"……余拏一小舟，拥毳衣炉火，独往湖心亭看雪。雾凇沆砀，天与云与山与水，上下一白。湖上影子，惟长堤一痕、湖心亭一点、与余舟一芥、舟中人两三粒而已。"描写得惟妙惟肖，令人拍案叫绝。

他的另外一篇散文《西湖七月半》，我一直认为，是中国文学中于鬼节写人气，千古第一名的。我读了二十年，百余遍，就是觉得每一个字都是无声胜有声的，他笔下五百年前农历七月十五中元节的西湖岸上"名为看月而实不见月者""身在月下而实不看月者""亦在月下，亦看月而欲人看其看月者""月亦看，看月者亦看，不看月者亦看，而实无一看者""不见其看月之态，亦不作意看月者"这五类月下之人，极尽了千秋热闹，概括了万丈红尘。"人气"袭来，你在五百年后与他们迎头照面。

戏剧大师李渔生而不凡,一生自寻开心的活法。我一直觉得如果活在今天,他绝对是个"大娱乐家"。他资助出版了施惠中国画坛三百年的《芥子园画谱》,用一生活法著成《闲情偶寄》;他可以评阅《三国志》,也可以终审《金瓶梅》,不甘示弱就写本《肉蒲团》。

张岱号陶庵,李渔字谪凡,对于尘世,两人想的出路不同。张岱夜航船静水无波求解脱,李渔十二楼生香活色寻快活。

即如食蟹,张岱和李渔都是老饕。

张岱每年十月必举办"蟹会",那绝对是一场饕餮盛宴,赴宴的好友们每人分六只蟹,三雌三雄——听上去这数量可不少,按今天的市价来看出手也相当阔绰,不过数量不是张岱蟹宴所求,这六只蟹也不是一盘子端上来大家埋头上手就啃,而是蒸一只吃一只,每吃一只的过程中,要辅以肥腊鸭、醉蚶、鸭汁煮白菜、兵坑笋、自家做的牛乳酪、自酿的玉壶冰酒,饭是新米,水果为当季鲜橘,干果也是时令的秋栗和水菱。这样,六只蟹一只一只,只只热气腾腾的,要从黄昏一直吃到夜深。

对李渔来说,张岱一顿的六只蟹实在不算什么。他对螃蟹的爱可以直呼为"命"。在他的《闲情偶寄》中,自称"以蟹为命,一生嗜之"。从上一年螃蟹退市开始,他就开始定向储钱,抱币以待,自称这笔"专项基金"是"买命钱"。自螃蟹开捕上市之日起到断市之时终,他在家埋四十九口大缸，装满螃蟹，用鸡蛋的蛋白饲养。在这期间，他无一日不食螃蟹，基本一天可以吃十几只。到蟹季将过，就用上好的绍兴花雕酒腌制醉蟹，在没有螃蟹的季节解馋。

李渔的餐桌、张岱的宴席，蟹因美味而让才子们爱得深沉。而许多寻常人家的馋瘾勾出来，就发明了一道叫"赛螃蟹"的菜。

"赛螃蟹"最常见的做法就是裹着草鱼肉丁的摊鸡蛋，蘸以姜醋汁。用蛋质入口的肥沃和鱼肉的鲜美，在舌尖重组成蟹肉的鲜肥。

"赛螃蟹"在晚清盛行于皇城根儿。后来传入宫廷，成为咸丰、同治父子和慈禧爱吃的小菜。只是在御厨房里，草鱼加鸡蛋的平民家常，经过反复改良，成为全新的流传。

## ○ 赛螃蟹

【食材】

黄鱼：1条　鸡蛋：3个（分成蛋清、蛋黄）　咸蛋黄：1个　姜：大量

黄酒、水、油、香醋、白砂糖：适量

【做法】

○ 仿蟹肉（蛋白部分）

1 黄鱼先蒸熟，去皮去骨后将鱼肉随意分成大小不等的小块备用。

2.蛋清用打蛋器打至有一层蛋沫，倒入准备好的黄鱼肉，加入少许黄酒调匀。

不用加盐，因为黄鱼有鲜咸味，加盐反而影响最后口感。

○ 仿蟹黄（蛋黄部分）

1. 鸡蛋黄打散。

2. 将压碎的咸蛋黄拌入打散的鸡蛋黄中，拌匀，加入适量黄酒和一勺水，搅拌均匀即可。

○ 炒制"赛螃蟹"

1. 锅中加少许油，热锅温油，下入蛋清，迅速翻炒见白，炒碎炒熟即盛出装盘。

2. 同样的方法速炒蛋黄液，置于蛋白上方，"赛螃蟹"主体就完成了。

○ "赛螃蟹"姜醋汁

"赛螃蟹"的仿味秘诀，除了主材，还有不可或缺的姜醋汁。Ray的姜醋汁的制作方法是：

1. 姜去皮、切末，加入细砂糖，比例是一份姜半份糖，搅拌均匀。
2. 腌制 20 分钟左右，待姜汁全部释放。
3. 加入香醋，搅拌均匀。

吃的时候，可以将姜醋汁倒入一同拌食，也可蘸食，感受那份浓浓的蟹味，一道不畏寒凉的"赛螃蟹"。

时光总是不容分说穿透我们的身心而过。即使什么都不曾做过，我们也不能说什么都没有改变。

一年，在走过寒露节气后，离新年元旦只有八十五天了。还有多少新春的理想仍在坚守着？还是在日复一日、年复一年的家常琐碎里，折损锐气，在冷暖更替里，把欣欣然的悲欢、浪漫、爱憎都慢慢平淡下去了？

我们借用一道美味，以祛寒的名义问暖。

霜降 | 爱无是非

糖霜闪电泡芙

## ○ 爱无是非

霜降是秋季的最后一个节气。无论你所在的城市，秋间短长，从此，从时令上，这一岁的秋，退场。

少年时听过一首歌中唱"……秋来也秋去/千千片红叶跌坠/如完成凄美的程序/我似秋空虚/秋来也秋去/只有信会跟你再共对"。

我一直特别喜欢"信会"这两个字。在时光里，我们没有走过去之前，没有人。我们走过去后，没有旁人。一起走过一段时光的人，无须旁证，因为相信会在适逢其时的时光里再会。

那个写出过"曾经沧海难为水"千古绝句的唐代诗人元稹，写过一首与霜降相关的诗："霜降三旬后，蓂馀一叶秋。玄阴迎落日，凉魄尽残钩。半夜灰移琯，明朝帝御裘。潘安过今夕，休咏赋中愁。"

诗中的"三旬"也称"三候"——我国古代通常将一个节气的十五天分为"三候"。"霜降"中，"一候豺乃祭兽；二候草木黄落；三候蛰虫咸俯"，大意是说到了这个时令，野兽开始蓄猎冬储，草木落叶黄尽，鸣虫蛰伏眠冬。

元稹的这首五律以悲景写悲情，笔落秋深。元稹这个才子，《旧唐书》不惜直接用"聪警绝人"来赞美，而且可以考证的是，他还相貌英俊，是红尘翩翩佳公子。

元稹是有鲜卑血统的。从宗谱列序，他是北魏昭成帝拓跋什翼犍十世孙。他这一支脉虽然改姓"元"，但依然保持着仕宦书香。元稹童年早慧，原本人生顺势有为。坎坷的是，八岁丧父，一度要靠母亲向娘家求接济为生。不过慈母的倾尽所能，元稹报以不负所望，十五岁科举及第，也是成名趁早。在考场，他结识了年长八岁的同届考生白居易。两人一见如故，终生至交，并且共同开创了中国文学史上重要的"新乐府"时代。

元稹除了诗歌成就和文学理论外，最为后世特别是文人世代津津乐道的、其实是他的情事。而这一切其实缘于他写的一篇小说《莺莺传》，也就是后来被王实甫改成《西厢记》的原作。在元稹笔下，活在一千二百年前的崔莺莺，活脱脱的是一个为爱勇敢的女子，但那个张生却没有王实甫再创作中那般美好，没有金榜题名归来，红烛照娶心爱的姑娘，而是始乱终弃，一走了之。更要命的是，结尾处还添墨絮叨，多年后张生如何觍着脸想再见莺莺，吃了闭门羹就抱怨起红颜祸水、妖媚惑众。这样的收尾败笔，也确实不枉千古讨骂。

自宋以后，关于这个嘴脸可憎的张生原型就被指向元稹本人，直至近代，鲁迅和陈寅恪等大家著述认证元稹就是故事中那个不以结婚为目的耍了流氓的张生原型。从此元稹从"新乐府"诗歌革命旗手的高位，直跌落到"就怕流氓有文化"的渣男序列。

在民间，元稹远不及白居易家喻户晓。至于张生与崔莺莺，我们更愿意听到那个跳进西厢偷食禁果的少年郎，状元及第，会骑着白马归来，洞房花烛夜，姑娘的清白可以从此罩进状元夫人的霞帔。

英俊少年元稹有没有遇见过一位敢爱敢离开的姑娘，在大唐年间，他们的爱情是"浪"还是"浪漫"，其实后人如何猜度都是附会。

不过无须猜度附会的，是元稹留给亡妻的诗。元稹的妻子韦丛，是太子少保韦夏卿最小的女儿。韦夏卿是个大藏书家，从元稹后来的追忆看，出身名门的韦丛知书达礼，确是大家闺秀。元稹和韦丛婚后第七年，就阴阳两隔。韦丛死于产后大出血，时年二十七岁。那一年元稹三十一岁，他在妻子去世后又活了二十二年，其间被朝廷一而再再而三地谪贬、流放，并最终死在放逐的客途。

在元稹追悼妻子的诗作中以《离思五首》《遣悲怀三首》《六年春遣怀八首》三组最令人动容。其中"曾经沧海难为水""贫贱夫妻百事哀"都成为耳相传的常用语。——而我们绝大多数，并不知道第一个写下这行文字的那个人是谁。

因为妻子韦丛出身名门，所以元稹在后世被拼装成了一个因为贪慕妻门名贵，而毅然离弃了初恋崔莺莺的唐代版陈世美。后人也恨不得从大宋开封府里借出铡刀，逆行时光去将元稹判了，一死以谢天下。

一千多年来，讨伐的文字磨刀霍霍。我无意为元稹翻案，只是觉得如果婚姻确有取舍，那么，爱情真有是非吗？

今天想起这个故事，我并无结论。

只是在霜降这一天，想到一个写过这个时节的诗人。

爱无是非，不必无事生非。

## ○ 糖霜闪电泡芙

泡芙，中文名字来自它的英文音译 Puff。

泡芙是一种源自意大利的西式甜点，蓬松张孔的奶油面皮中包裹着奶油、巧克力乃至冰淇淋。因为外形长得像圆圆的甘蓝菜，因此法文名又叫 Chou（甘蓝菜的法语，读音为"舒"）。

泡芙诞生于十六世纪，相传是嫁入法国王室的意大利裔皇后凯瑟琳·德·梅第奇发明的。因为甜蜜美味，被法国人当作吉庆、友好、和平的象征。在法国各种喜庆场合，都习惯将泡芙堆成"泡芙塔"。泡芙后来流传到英国，成为贵族下午茶和晚茶中不可或缺的甜品。

中国人在国内最早吃到泡芙，应该是在八十年前的上海滩。1937年，两个俄裔犹太人在当时的兆丰公园（今天的中山公园）边开出第一家"老大昌"面包房。在这里售卖的泡芙，当时上海人称之为"哈斗"。这个叫法从此沿用大半个世纪，直到上世纪八九十年代，上海的那一代"老克勒"依然以吃一个"哈斗"为甜蜜的小满足。——我一直猜想，上海人之所以称之为"哈斗"，可能是因为这道甜点美味可比膏脂肥美的"蟹兜"吧。

老大昌的"哈斗"在三十年代，是旧上海体面人家的精致甜点。堪称"吃货"的张爱玲和闺蜜炎樱都是老大昌西点的忠粉。后来张爱玲去了香港，听闻有老大昌分号，还特意赶去寻找上海旧味，却已然失望了。

闪电泡芙,是传统"甘蓝菜"形泡芙的变形,最初是为了让这枚内心饱满的甜品更易分食,让人吃相更加优雅。不料一经问世,它比圆形泡芙更受法国人喜爱,并且有了法文名字Eclair,也就是"闪电"的意思。有人开玩笑称:这款泡芙之所以叫"闪电",是因为好这一口的法国人总能以"闪电"的速度吃了它。

泡芙,被称为世界上最安心的甜品。完美的糖霜闪电泡芙,以松脆、饱满、香醇而秉承法式美食的优雅格调,成为全世界"甜品控"们的心头好。

霜降时节,天气更凉,我们不妨烘焙一些甜品,让这凉意化为甜蜜。

【食材】

水：100克　盐：2克　细砂糖：5克　牛奶：100克　低筋粉：85克

鸡蛋：2个　无盐黄油：75克

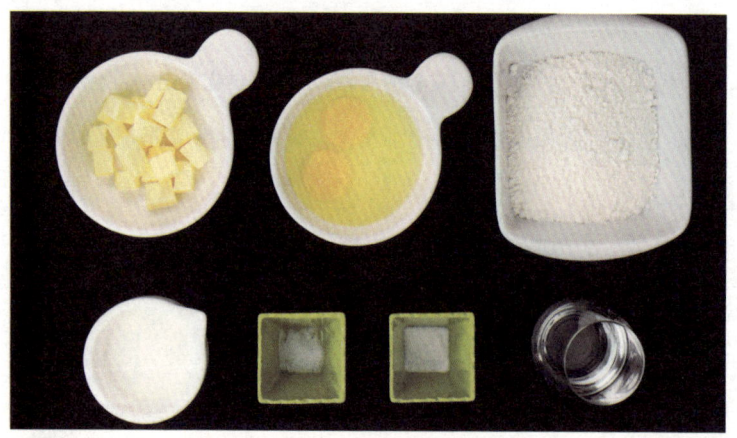

【做法】

1. 将无盐黄油、水、牛奶、盐和细砂糖放入锅内，煮到沸腾。

2. 锅离火，把低筋粉过筛，加入锅内，用勺子快速拌匀至没有粉末。

3. 重新开火，低火加热，感觉面团有点黏性，锅底出现一层薄薄的膜时离火。

4. 趁热分三次将打散的鸡蛋液加入面团，用刮刀快速搅拌混合，直到面团变成细腻光滑的面糊为止。

5. 用刮刀舀起面糊，面糊呈倒三角状态，并缓慢地滴落，面糊的程度就刚刚好。

6. 把面糊装入裱花袋，挤成长约 10 厘米的长条形。

7. 将烤箱预热到 200℃，将泡芙坯送入烤箱后调至 180℃，烤 35 分钟，至表层呈浅褐色，最后几分钟需要密切观察。

烤制时间到后，不要马上从烤箱中取出，关闭温控再放置 5 分钟后取出，泡芙外壳的上色和口味更佳。

8.泡芙外壳放凉后,可在表层做糖霜淋面,也可以在空壳内挤入打发的奶油或自己喜欢的巧克力酱等。

## ○ 糖霜淋面

【食材】

可可粉:8克  椰蓉:8克  抹茶粉:8克

草莓粉、冻干草莓粒:8克  淡奶油:80克  黑巧克力:20克

白巧克力:60克

【做法】

1.泡芙的基础淋面一般分为白巧克力淋面(白巧克力60克+淡奶油60克)和黑巧克力淋面(黑巧克力20克+淡奶油20克)。

2.制作时将相应的巧克力与上述对应克数的淡奶油混合,用微波炉加热10~15秒,巧克力完全熔化即可,取出搅拌均匀呈面糊状,就成为基础

巧克力淋面。

3. 做闪电泡芙可以有不同口感和淋面的色彩选择，比如椰香口味、抹茶口味和草莓口味的，都可以以白巧克力淋面为基础，将淋面分成三份，一份保持原味，两份分别加入抹茶粉和草莓粉，调成不同颜色的淋面；可可巧克力口感的使用黑巧克力淋面。

4. 用刷子将淋面小心均匀地刷到泡芙表面，形成一个光滑的表面，然后筛上相对应的粉，或者根据口味、创意食材进行进一步装饰。

立冬

春去冬来
只为一个暖暖的理由

暖冬羊糕

## ○ 春去冬来只为一个暖暖的理由

"细雨生寒未有霜,庭前木叶半青黄。"历经春秋的四时,尝过早春花叶、盛夏果实、秋熟谷植的五味,进入了这一年的最后一季。

立冬与立春、立夏、立秋合称"四立"。在我国古代,是一个重要的纪念季节更迭的节日。在农耕社会,劳作一年的农人在"立冬"这一天举家休息,烹煮秋收的美食犒赏自己和家人。于是就有了一句俏皮的谚语"立冬补冬,补嘴空"。冬来了,民间以"饱"御寒,而天子在这一天以"暖"祈求太平。

《礼记》中记载,立冬这一天,天子率三公九卿要出城向北,行迎冬之礼。赐群臣冬衣,并抚恤孤寡。

中国古人敬天如敬神,四季往复,人间迎来送往。春去冬来,只为一个暖暖的理由。

Ray 在深夜给我发来一首老歌,她说她最喜欢那一句"春去冬来只为一个暖暖的理由"。

我和 Ray 都出生在秋末初冬的 11 月。每年生日季归来，总会有特别的亲切感。就好像许久没见的一个人突然照面，带来的，其实是你的一段岁月。你会突然借由这个人的模样，看到自己曾经的一些日子。这些日子里面的欢喜和悲伤是清晰的。那些曾经心有猛虎般的情绪，都如细嗅蔷薇般一闪而过。

于是与这熟悉同坐，借着一点阑珊的暖意，回忆起一些时光的梢首。那些梢首上，曾经挂过的自己的五颜四色、七情六欲，好像故友重逢。

这一岁行将离去。
你还记得新春的理想吗？
在何地，与何人，做何事。以及那些动过了的此心，许下了的此生。
冬天来了，你还在一往无前的路上，一往无前吗？

## ○ 暖冬羊糕

"立冬吃羊肉,一冬暖洋洋。"

立冬时节,苏州有吃羊肉的习俗。羊肉温热助阳,是冬令进补首选的食材。其中,尤以羊糕最有特色。

【食材】

羊腿肉:约 1000 克　猪肉皮:约 500 克

白萝卜:500 克　胡萝卜:200 克　黄酒:2 大勺

大葱、姜块、香叶、八角、花椒粒、桂皮、小洋葱:若干

生抽:2 勺　盐:1 小勺　蚝油:1 小勺

【做法】

1. 精选羊腿肉,去皮去骨,尽量去掉筋膜,分成大块备用(皮、骨可另做羊肉汤)。

2. 肉皮洗净,刮干净细毛,切成一寸宽的大片;白萝卜、胡萝卜去皮切成滚刀大块。

3. 焯水:水中加入黄酒、姜块、葱段,把白萝卜、胡萝卜和羊肉、肉皮放入一同焯水,水烧开后再煮3分钟。

4. 焯水后将所有材料取出,过凉水冲洗干净;重新加一锅水,加1大勺黄酒,放入肉皮,将香料(香叶、八角、花椒粒、桂皮、小洋葱)放入料理袋中,加大量水(水要一次性加足),没过肉皮,1小时后加入胡

萝卜块同煮,大火烧开后改小火炖煮2小时,制作肉皮冻汤。

5. 羊肉放入蒸锅,加入小洋葱、姜块,用白萝卜做底,蒸2小时至酥烂;羊肉蒸好后,小心将清汤倒出,以1∶3的比例与肉皮冻汤混合,加入生抽2勺、盐1小勺、蚝油1小勺调味。

6. 肉皮冻汤要煮到浓稠有黏性,煮好后过滤出汤底备用。
7. 蒸好的羊肉用手掰成大块,错落地铺在盛器底部,不要铺得太紧致。
8. 将混合好的肉皮冻汤缓缓倒入盛器,没过羊肉,放入冰箱冷藏4小时。
9. 冷藏好的羊肉冻取出后倒扣出,用刀切成1厘米厚的羊糕片,装盘即成。

又见冬天,又是一年。对于时光,过去的和未来的,但愿所有欢喜,能渡那雾一刻的流水华年。愿我与我所爱的诸人诸事瑰丽潋滟,旖旎生动。

未经世事的时候,读过席慕蓉的一首诗,以为自己懂了。多年以后,才知道,那时候有多年轻。

在年轻的时候,如果你爱上了一个人,
请你,请你一定要温柔地对待他。
不管你们相爱的时间有多长或多短,若你们能始终温柔地相待,
那么,所有的时刻都将是一种无瑕的美丽。
若不得不分离,也要好好地说声再见,也要在心里存着感谢,
感谢他给了你一份记忆。

长大了以后,你才会知道,

在蓦然回首的刹那,

没有怨恨的才会了无遗憾,

如山冈上那轮静静的满月。

江南初冬,雨止回暖,轻霾懒阳。四时有序,时光鲜美。

愿每一季行进不息,为生命好奇。愿我有幸,有各种可以,为各种可能,得各种可爱。

感谢年复一年。

○ 小雪

最好的养生
是做一个天真的人

初冬蔬菜总汇
雪球核桃布朗尼

## 最好的养生是做一个天真的人

"小雪"之后就真的入冬了。

小雪前夜,苏州开始降温。二十四节气过到这一个,整二十。还有六十多天,就是春节。

天地暖寒交替间,光阴一往无前,一年所剩无余。盘点当下,不知你会如何结算这一年的得失……

"小雪"节气间,西北风吹来,气温陡降,进关内向南,黄河两岸,冀北、鲁中、苏皖或都可能迎来今年入冬的初雪。

《月令七十二候集解》说:小雪,十月中,雨下而为寒气所薄,故凝而为雪。小者未盛之辞。明代有一本讲天地生物的科普读物《群芳谱》,书中形象地说:小雪气寒而将雪矣,地寒未甚而雪未大也。

古人们已经相信所谓气象万千,非天所独为,而是天地共同交互。

"小雪"时节的三候:"一候虹藏不见;二候天气上升,地气下降;

三候闭塞而成冬。"也就是说,古人们相信从"小雪"始,驾临人间的天之阳气从此回而向上,不再落地,而大地孕藏的阴气则深沉下潜,不再升腾。

从此时起,这一年春夏天地阴阳融汇,滋养万物生长的盛况休歇下来。天地间阴阳不交,万物收藏起生机,安度寒冬,静望新年。

小雪节气,冬季养生当始。扶阳养正,恰逢其时。

养生,在中国儒释道圆融的文化中目标其实不一,或有为"无量寿福"的,或有为"慈悲放舍"的,或有为"自强不息"的。

细细想来"养生"这两个字,也真有中国人的文化深邃与玄妙。"生"这件事,并不是随命而自竞天地,是需要"养"的。

我生过一场重病。无菌隔离的时候,什么也不能做,就拿了本《黄帝内经》来读。书里描述黄帝的一生是"生而神灵,弱而能言,幼而徇齐,长而敦敏,成而登天",觉得真是生而非凡。

后来读一本中医释义时,看到颇有深意的诠释,说每个婴儿都是手握着拳头来到这个世界上的。这个拇指扣向掌心握拳的下意识的动作,其实如有神佑——拇指压住的是心经上的少府穴。心藏神,扣住心穴,神气不外泄。所以这般说来,每个婴儿的来临,都是"生而神灵"。至于后来,这个握住神气的拳头还是会慢慢松开,因为手里想要把握的太多,把握权力,把握名利,把握爱欲,想要拥有的太多,最后连拳都握不起来了,撒手老去,摊开掌心。一点儿神气也不存了。

弘一法师闭关辟谷,然后写下自己全部的方法、体验和心得。一天一天减少食量到只食一碗粥、九粒花生，咀嚼 36 下咽下，觉得仅有这些都饱美。然后再慢慢回复正常饮食。

我没有体验过这种方式，因为觉得心性不够，自觉没有大师闭关辟谷的初心。但是一击而中内心的是：我们的身体里也许真的不需要那么多东西。

2009 年，我在北大读研究生班。北大百年讲堂里有国学大课。也是那年初冬小雪时节，贯通儒释道的国学大师叶曼先生讲《道德经》，是年，先生九十五岁高龄。近千人大课堂，学生先于先生到，然后开始琅琅读书。先生坐轮椅轻轻进入课堂，轻盈。全体起立，向先生深深鞠躬。

先生说：请坐。

满座更有侍立者满了三面墙。

先生开讲《道德经》。一夜讲了一小节，用先生近百岁的生命。"……载营魄抱一，能无离乎？专气致柔，能如婴儿乎？……"

原来肉身是营，内中是魄。如若营营役役，魂飞而魄散。

我一直觉得如果以"养生"的名义，只为贪生怕死，那总是心无光明，诸法非法。

"养生"这所谓"生"，是生命的源起，是"生而神灵"，是赤子之心。

最好的养生是做一个天真的人。

## ◯ 初冬蔬菜总汇

酝酿小雪节气专题的时候,我听 Olivia 聊起了她前文中思考叙述的"养生"观点。我突然被她所思考的"养生是做一个天真的人"的那份赤子之心感动,所以,我在主创这期内容时,想到给孩子做一份轻餐。

"蔬菜总汇"是我选用一些具有温补食效的蔬菜,运用我在法国丽兹饭店精修时学习掌握的方法做的一道菜。

学习时第一次身处其中的,吃到米其林厨房出品的一道"蔬菜总

汇",口感是惊艳的。在我们惯有的观念里,"蔬菜总汇"就是蔬菜杂烩。其实,米其林厨房的老师告诉我们,不同的蔬菜用不同的烹饪方法,然后同时出现在同一道菜肴里,这样味道互不干涉,却又相辅相成。让我对蔬菜的做法有了新的认识。

　　这次仅是应用所学,做了家庭容易操作的简洁版。在米其林厨房,即使是一道"蔬菜总汇",也需要数小时去制作。每一种蔬菜都历经春生、夏长、秋收和冬藏,我们作为料理者,要有珍惜自然的四时之心,要有体会成长的五味用意,即使是蔬菜,每一味都应该被尊重地保全自己独有的美味。

　　所谓天真,就是万物本来的样子吧。

【食材】

芦笋：200克　蕃茄：200克　荷兰豆：200克　茴香根：200克

蘑菇：200克　小胡萝卜：200克

大蒜、百里香、盐、糖、黑胡椒粉、橄榄油：适量

【做法】

○ 烤：番茄

1. 番茄去蒂，顶部划十字，放入开水中焯10秒钟，取出去皮；去皮后的番茄分成8份，去除中间的瓤。

2. 在烤盘中铺好锡纸，撒上盐、糖、黑胡椒粉，洒上橄榄油，然后将番

茄瓤瓣平铺在烤盘中，再次撒上盐、糖、黑胡椒粉，洒上橄榄油，大蒜连皮拍扁，百里香取叶，共同撒在盘中。

3.烤箱预热85℃，将番茄瓤瓣烤2小时。

○ 英式焯水法：芦笋、荷兰豆、茴香根

1.芦笋用小刀去除老叶，刮去根部的外皮，切成寸段；荷兰豆去茎，茴香根洗净，切成大块。

2.烧一锅开水，水中加入盐（1升水加5~10克盐）、橄榄油。

3.处理好的芦笋，放入开水中焯水4分钟取出；荷兰豆放入开水中焯水30秒取出。

○ 法式炖煮：小胡萝卜、蘑菇

1.小胡萝卜洗净，去皮，平铺在锅底；蘑菇洗净后，切成大块，平铺在锅底。

2.开大火，加黄油、糖、盐、黑胡椒。

3.黄油熔化后，加入水与材料平齐，水开后转小火。

4.将油纸剪成圆形,盖在蔬菜上,继续炖煮至水分收干。

以上完成的几样蔬菜依次装盘,即可。

## ○ 雪球核桃布朗尼

布朗尼是一种蛋糕,它在美国诞生了有近二百年,是美国乃至加拿大家庭餐桌上是最常见的小点心。它中文音译自 Chocolate Brownie。

布朗尼蛋糕既有乳脂软糖的甜腻,又有蛋糕的松软,常常搭配以冰淇淋。清凉的轻甜的,这大概也是初雪的味道吧。

初冬宜食用各类坚果,而布朗尼的原料就通常会选用各式坚果。这次我选用了核桃。

【食材】

70%黑巧克力：150克　黄油：120克　细砂糖：120克　鸡蛋：2个

低筋粉：100克　泡打粉：3克　奶油、奶酪：各80克　核桃：80克

香草冰淇淋球：1个

【做法】

1. 鸡蛋和细砂糖打到颜色发白。

2. 黄油和70%黑巧克力一同熔化。

3. 倒入鸡蛋液中,搅拌均匀;倒入过筛低筋粉和泡打粉。

4. 倒入盘中,在表面铺上奶油、奶酪块和核桃坚果碎,用手轻轻压平。

5. 烤箱预热170℃,烤30分钟即成布朗尼蛋糕。

6. 将布朗尼蛋糕分切成个人食用份,点缀香草冰淇淋小雪球,洒上可可粉。

7. 也可以根据个人喜爱,在小雪球上淋上热巧克力,感受那一份甜蜜的交融。

人生最好的医,是自己。

所谓天真,我想是开阔,不扭曲,不变形,不折腾自己。因此,我相信最好的养生,就是做一个天真的人。

大雪

不愿一夜之间白头

雪顶栗仁蒙布朗

## ○ 不愿一夜之间白头

"大雪"没有下雪。

我和 Ray 在京都。岚山嵯峨野在一天之间给了我们风、雨、阴、晴四时气象;岚山清峻,这时节层林尽染,红枫大艳过后,依风轻扬,镌印山苔,流光锦绣,天地丹青。

冬意,兴而未艾。2016 年,只余下最后二十多天;一年见底,时光透明,光阴余额可见,你是否已经完成了这一年的心愿?

古人在"大雪"封河,这一年的远门到此止,停下奔波:稍息——"停"其实同样是一种节奏,在格律诗词吟诵里,先生们要我们学习的不是如何抑扬,而是长停更短停。"长停"为挫、"短停"为顿,顿挫里的能量,决定了抑扬的力量。

"大雪"节气,我们不妨小停,发个大呆。

到了"大雪",公历纪元的一年也就进入最后一个月。中国的农历二十四节气,过到第二十一个。北国已经是凛凛仲冬,江南也沁人寒意。《月令七十二候集解》说:"大雪,十一月节,至此而雪盛也。"大概的意思就是天气更冷了,天公也常会裁云作雪,愿见世间万物共白头。

我和Ray在"大雪"节气来到京都。离开苏州的时候,我对朋友说:新年来之前,我想找个地方发个大呆。

我旅行的时候,习惯带本书。这次是梭罗的《瓦尔登湖》,外文出版社的新版,徐迟先生的经典译本。第一次读《瓦尔登湖》还是大学一年级,一直以为是本散文集子,越长大越知道梭罗作品的意义绝不仅于文字。

1845年,梭罗在瓦尔登湖边,惆怅美国城市化进程和工业文明迅猛发展的大时代下,新的建筑、新的交通、新的生活秩序和随之而来的新的社会阶层,欣欣向荣得让人目不暇接。梭罗于是在马萨诸塞州康科德镇的瓦尔登湖滨发了两年零两个月的大呆。他用他的文字思考"人生的目的与达到目的的方式之间,应该是什么关系?"在一百七十年前,他忧虑美国新大陆这个年轻国家里的大多数人,正在拼命追求各种新的生活方式,失去了生活的真正目的。于是他向对他而言的未来发问:"如果一个人的时间与精力都用于生存,那么留给生活本身的又是什么?"——站在今时今日的世界看,梭罗的惆怅真是一种先知。

梭罗在瓦尔登湖滨发了二十六个月的呆,而我在京都只有五天。

这是我和 Ray 第二次来京都。我们都喜欢这座城市里纵深的清静的小巷,这让我们想起童年的苏州。

我一直觉得,小巷,就是一座城市的掌纹。就像人的身体上有些纹路与生俱来,说明我们的来处。它们应该古已有之,然后与我们共白头,然后与我们的孩子共白头。然后,还有然后。

它们在,故乡就有可以和异乡诉说分明的家常,故乡就有可以和未来诉说分明的过往。它们在,你不用担心走远了、走失了没有回来的方向,你甚至不用担心忘记,因为它们就是记忆。

1845 年的美国,以欧洲为主的移民们纷至沓来,他们相信这里一切全新，他们相信这里一切可以从头来过。他们相信全新的世界无须有常，无须寻常。而梭罗要的，是如常。他要一面湖水和它分明的四季。

梭罗的思考，被美国文学界和思想界称为"波希米亚派"先驱。之所以用"波希米亚"称之，是因为"波希米亚人"是天生流浪的民族。在梅里美笔下，他们是热烈嘹亮的卡门；在雨果的《巴黎圣母院》里，他们是善良明媚的艾丝美拉达。他们在时间里流浪，看尽世间变迁，用身体流浪的方式保有内心不求其变的天真。

794年，奈良时代的桓武天皇迁都京都，完全效仿中国大唐国都长安城的市坊制建城，以朱雀大路为中心，城市分为右京（又称"长安"）和左京（又称"洛阳"）两个对称部分。从此，这座古城一千二百年来规划严谨地长在。

走出京都城的小巷，来到鸭川。河水因为冬季枯水而清浅，顿挫如常。我突然想知道，瓦尔登湖是否还和一百七十年前一样。

## ○ 雪顶栗仁蒙布朗

"蒙布朗"其实是法语里阿尔卑斯山脉最高峰勃朗峰 Mont Blanc 的音译。

位于法国小镇沙莫尼（Chamonix）和意大利小镇库尔马耶（Courmayeur）交界处的勃朗峰，终年白雪盖顶，因此，法意两国的甜点师，创造了一款取形取意的"蒙布朗"。这款甜点问世后，风靡全球。如果一定要再解释什么是"蒙布朗"，可能最直白的说明就是——栗子蛋糕。因为在勃朗峰脚下，每年秋天盛产栗子，所以，这款甜点取材实地，以栗子为主食材——可见天下的烹饪还是万变不离其宗，就时就地取材。

有趣的是，全世界制作"蒙布朗"最美味的除了发源地法国、意大利外，就是日本。"蒙布朗"传至这里，深受喜欢。因为在日本国产甜点"和菓子"里，取材取味栗子的甚多。因此，日本甜点师继而又把"蒙布朗"的口感发挥到了更臻完美。

"蒙布朗"常有个特别的外形就是"白雪盖顶"。我们常说，在大雪的日子，要和爱人一起步行雪下，因为走着走着……就携手白头了。

老去的时光，没有那么赶。我们不如把永不分离的心愿，做成一款小而甜蜜的糕点。

【食材】

鸡蛋：2个　黄油：30克　老酸奶：80克　低筋粉：100克

泡打粉：5克　细砂糖：25克　糖水栗子：5~6颗

【做法】

o "蒙布朗"的栗子蛋糕主体

1. 黄油和细砂糖先搅拌均匀至颜色发白。

2. 鸡蛋分两次加入，每次都需要搅拌均匀，然后再加入老酸奶搅拌。

3. 筛入低筋粉和泡打粉，用刮刀翻拌直至面糊细密平顺。

4. 用裱花嘴将面糊挤入蛋糕纸杯，在挤至2/3满时把糖水栗子整粒置入，再注入面糊。

5. 烤箱预热180℃，烤30分钟，蛋糕坯完成。

○ "蒙布朗"的蛋白霜(法式)

【食材】

蛋白:100克  白砂糖:100克  糖粉:100克

 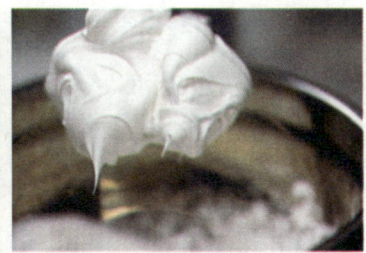

【做法】

1. 取100克蛋白,分三次加入100克白砂糖,用搅拌器打至八分。

2. 糖粉过筛后,轻轻拌入打发的蛋白中,搅拌均匀。

3. 烤盘铺烘焙纸,将蛋白霜装入带有圆形花嘴的裱花袋,然后由内而外挤成直径7厘米左右的圆环。

4. 烤箱预热90℃,蛋白霜烤1小时后取出,作为"蒙布朗"的底托备用。

## ○ "蒙布朗"的栗子泥淋面

【食材】

板栗：200克（剥皮后）　黄油：30克　细砂糖：50克　香草荚：半根
牛奶：60克　淡奶油：80~120克

制作栗子泥，需要使用新鲜的板栗。如何完整脱壳取仁，其实我有个小窍门。将新鲜栗子的顶端用小刀开小口，然后放入锅内，加水没过栗子；按1升水加5~10克盐的比例加盐后，大火煮开，转小火煮约40分钟。关火，将栗子迅速放入凉水降温。此法可以快捷去壳脱皮，剥取出完整的栗子果仁。

【做法】

1. 栗子仁剥好后，放到搅拌器内，加入牛奶，初步搅拌成蓉。（因为板栗比较干，牛奶可以适当多加一点，每次少量加入，直至理想状态）

2. 第一次搅拌好后，加入香草籽、黄油和细砂糖，再用搅拌器二次搅拌，将所有材料融合均匀。

3. 慢慢地添加淡奶油，直至搅拌成软硬适中的栗子泥。

4. 再过筛一次，用小勺子在筛网上轻压，把栗子泥中的颗粒去除，得到光滑细腻的栗子泥，就可以制作蒙布朗栗子淋面了。

## ⭕ Olivia's 番外：一枚雪顶栗仁蒙布朗的诞生

将蛋白霜垫底，栗子蛋糕坯根据蛋白霜直径，修成大小合适的圆柱形置上，用裱花嘴把奶油栗子泥如淋面般挤在蛋糕上方，用刮刀修整边缘。最后，在蛋糕顶端撒上一层糖粉。一枚雪顶栗仁蒙布朗就诞生了。

大雪节气后，寒天会裁云作雪；像一年倒数的时光，日脚不稍地匆匆落下。

岁到收梢而尽寒，愿以掌心候雪，心血化之。在即将来的新岁，以天真以温暖、以简单以勇敢，以不变应万变。

Ray 说得很对，我们常常因为太赶，会说恨不能一夜之间白头。其实时光总在过去，一切没那么赶。我们不如把永不分离的心愿，实实在在放进小而甜蜜的甜点里。愿五味里都有一颗此时此刻的实心。

○ 冬至

分一碟相思豆
冬至送轻舟

相思五彩小汤圆

## 分一碟相思豆　冬至送轻舟

冬至，是一年中夜最长的一天。夜长，梦多。诗人为梦，给歌者写一首叫冬至的歌。

高晓松很多年前写过一首叫《冬至》的歌。我喜欢那一句："你要等雪花把头发淋湿，你要做一件晴朗的事。"

冬至过去，慢慢，夜如蜕，会短。梦在醒处亮了，从此光明一日长过一日。

从此，数九入寒。然而，我们换一个思量，春也正因掂指可数而在望——你在这一刻可以相信的是，九九过后，徙鸟必回、宿兽必醒、冻水必开。

冬至，阴极之至，阳气自来。你因相信四季次第有规，韶华循序蹈矩。

所以，我们不妨在冬至日贺岁，在这厢礼问春安。

上溯三千年，苏州所在的吴地，在冬至这一天就进入了新年。

这是古吴国第一任国君泰伯沿袭故乡纪年的历法,在此确立下来的规矩。

泰伯和弟弟仲雍,是第一对因为绝决地去国离乡而名垂青史的兄弟。他们分别是商末西岐属地的君主古公亶父的长子和次子,因为发现三弟季历及其子姬昌有大格局和大气象,两人约定共同放弃继承父亲创下基业的全部可能,客走他乡。后因为父亲和三弟相继去世,二人两去两归,回家料理丧事,但是每回只理家事,对于继位的各方恳请,坚决地一辞、再辞、三辞,最终顺利地将西岐基业交接给了侄儿姬昌,也就是后来真的成就了大气象的一代英主——周文王。

在第三次离开后,泰伯和弟弟就此再没回还故土。那一年他四十二岁。一路直向东南,停在长江边、太湖旁——当时尚且蛮荒的吴地。

在这里,泰伯一直活到九十一岁高龄。他治下的古吴国,从断发文身的野蛮部落逐渐成为文明地、温柔乡。

泰伯去世后,直接让位给二弟仲雍。至此,泰伯成就了两家天下,一是三弟和侄儿的周天下,二是二弟的吴天下。

泰伯让王,成为孔子的经典一课。在儒家树立的先贤道德楷模中,泰伯被奉为"最高尚的人"。司马迁在《史记》中,也把泰伯、仲雍兄弟列为第一"世家"。

"世家"长子泰伯,因为放弃而远行,自然也没有从故国老家带走什么,甚至最后连父亲的姓氏也放弃了,而启用了他所创造的"吴"冠以为姓。

但是他带走的,是故国对于时光的纪历。陶渊明有诗句说"虽无纪历志,四时自成岁"。只有不遵循时间刻度,我们才能在大自然里有唯我独有的自由。

而泰伯,他在新土地里开荒,用旧的时光。深耕进去的,全部是长相思的念念不忘。

念念不忘,其实也是一种团圆。

而在西岐,祖父打下来的江山、伯父让出来的天下,在姬昌的治下成为中华物质、精神和政治文明的新启元。在周王朝创立的四时历法里,"冬至"这一天,天子率三公九卿要举行"迎岁"的盛大仪式。"冬至大如年"的传统至此确立,代代承延。到了汉代,冬至被列为"冬节",官府要放假,并举行祝贺仪式,称为"贺冬";魏晋时代,冬至日更是各国来贺的重要节庆。到了唐宋时,冬至更为热闹,在南宋时代,冬至日被称为"一阳贺冬"日,当天男女妇孺,甚至连外出的车马都要华整鲜好,服饰炫美,游子归家,朋友到访,会客过年;至明清时,皇帝都要在冬至这一天去天坛内的圜丘坛隆重祭天。

天子威仪四海,百姓要的只是团圆。

泰伯、仲雍在吴地,将"冬至"定为一年之初。团圆饭的习俗,也因此在民间养成。自泰伯始,延续着悠远吴地风情的冬至团圆,成为时岁里一桌美味的记忆,一传就是三千年。而在不断节略的菜谱中,冬酿酒和冬至汤圆至今仍保鲜在苏州古城百姓的习俗中,在每个冬至前夜,氤氲的香气扑面,三千年的时光可盛。

冬酿酒原来叫"冬阳酒",是因为冬至过后,阳气上升,万物开始慢慢复苏。酒是米酒,与桂花一同酿制而成,口味甘甜,色泽金黄,隐隐地有桂花的幽香,爽口怡人。而冬至汤圆更以寓意团团圆圆而成为冬至美食的必备。

"家家捣米做汤圆,知是明朝冬至天。"

## ⊙ 相思五彩小汤圆

曾听过一首写尽江南隽永诗意的粤语歌《慕容雪》。歌从冬至的苏州河起笔:"临行辞别你,欣赏未够,分一碟相思豆,冬至送轻舟。"

相思与团圆,也正是这个节日的主旨。

古人对冬至的说法是:阴极之至,阳气始生,日南至,日短之至,日影长之至,故曰"冬至"。古人认为自冬至开始,天地阳气开始兴作渐强,代表下一个循环开始,是大吉之日。因此,周秦时代以冬十一月为正月,以冬至为岁首,过新年。在江南,无须气势宏大锣鼓喧天的仪式,一碟如同相思豆般浑圆的小汤团,就能承载一份历尽沧桑的传统文化中最悠远的意境。

冬至团圆,与不常见、不得见、不常聚、不得聚者团圆。

即使相思,亦成团圆。

【食材】

水磨糯米粉：700克　温水：适量　黑芝麻粉：20克

紫薯：200克　胡萝卜：200克　西红柿：200克　菠菜：200克

酒酿、桂花糖：适量

【做法】

1. 榨各种汁：胡萝卜先隔水蒸20分钟，蒸熟后再榨汁备用；菠菜先在开水中烫一下，再捞出榨汁备用；西红柿、紫薯分别榨汁备用。

2. 制作各种面团：

①白面团：取水磨糯米粉80克，加入50克温水，用筷子搅散成小块后，再用手揉成光滑的面团。

②黑芝麻面团：取水磨糯米粉60克，加入黑芝麻粉20克，加入50克温水，用筷子搅散成小块后，再用手揉成光滑的面团。

③蔬果汁面团：取水磨糯米粉80克，慢慢添加50~70克蔬果汁，胡萝卜、菠菜汁含水量大，约用50克就可以，紫薯汁淀粉含量高，约用到60~70克。

3. 把揉好的面团用保鲜膜包好，上面盖上温毛巾保温。用时取一块面团，用手揉成长条，再揪成重量约为5克的小剂子，放在手心里搓成小圆子。

4. 锅里煮水，水烧开后放入搓好的小圆子，待水再次沸腾，小圆子浮上水面，盛出。

5. 碗里加入一勺酒酿、一勺桂花糖，与小圆子一同装盘。

6. 没有用完的小圆子滚上一层水磨糯米粉（防止粘连），放入冷冻室保存。

冬至过去,除夕就真的近了。一年终要过去,所有奔波在外的游子总要回家。

在这个奔徙的时代,不知道是不是每个人心中都会有两座城——

以日出与月升裁晨与昏,以白桦林与杨柳岸裁冬与春,以一扇留着的门、一盏点亮的灯、一缕炉灶上煨熟的香气,以等与相送——以故乡与异乡……裁双城。

相思迢递隔重城。其实所有节日,都只有一个愿望,就是所有不同时间轴的亲人,在此把时光组合如一。如一阳生,数九始,天地阴阳都在此日相逢。

不如我们同饮同欢同醉。

○

小寒 | 就做一个性情中人

一碗软心肠的腊八粥

## 就做一个性情中人

小寒,农历二十四节气中的第二十三个节气。从此三候十五日,一候雁北乡,二候鹊始巢,三候雉始雊。隆冬虽已至极,阳气却在严寒下生动,你或可以明媚地这样想,其实春如在孕中,敬请期待。

是的你看。雨落下来,成雪。
泽被天下。

小寒。一年的二十四节气,就将行尽。

离小寒很近的日子是腊月初八。这是一个中国人按例要喝八宝粥的日子。因为,中国人说这一天是佛教的起源。传说两千五百多年前的这一天,那个名叫乔达摩·悉达多的迦毗罗卫城的王子,在菩提树下觉悟,于是他成了普度众生的释迦牟尼。这样一个日子,应该是神圣美好的。有信仰的人,会去拜自己的神。神宽谅他们,在寒冷冬天,让他们懂得"熬"的温暖。

如果你还没有信的神,同样,也熬一碗腊八粥吧,在五谷热腾腾的香气里,或可感恩我们依然是被土地恩惠的人。

两千五百年前,鸿蒙初开,土地之上,天下皆是战国。群雄并起的印度,一个王子舍生取义成了佛;而差不多同时代,群雄并起的中国,一个王子则弑君称霸——公子光刺杀了吴王僚,才有后来虎踞龙盘的阖闾大城。

这座现在叫姑苏的城,听着就是温柔乡。这座洒下过汉唐明月,寒寺惊起过江鸟,迎来过大明锦帆,小河侧枕过春梦的城池,即使勾栏拆解,画栋移徙,巷陌颓仄,但城址迄今原地未动,成为我生于此长于此的家乡。

作为一个苏州人,从小到大,听过太多吴越春秋的故事。两千五百多年前的金戈铁马、爱恨情仇,至今仍在这座城市流传。或是车水马龙的通衢,或是蜿蜒幽深的巷陌,那些春秋往事被编订成一个个今人的地址,通过身份证明,通过家书万里,成为一个人与一座城市永远牵连的起点。

然而,除了地名,我们离东周列国时代那个边声连角、风卷残云的乱世毕竟远了,以何还原英雄美人?

我其实特别想写的男人是夫差——这个"苏州男人"。

大多数苏州人和我一样,是在学生时代秋游虎丘或灵岩踏青时,在试剑石、千人坐、玩月池、馆娃宫,以触摸岩石树木的手第一次触摸阖闾、夫差的吴王往事。

我们也曾在剑池上空的井栏向下张望,在波光里不是寻我们自己,是想张望那张沉鱼的容颜。

对于西施,甚至对于勾践,苏州人有着独有的宽容。阖闾、夫差被流传成穷兵黩武、冷血霸蛮,或是纵情声色、刚愎自用,但那两个里应外合一举灭吴的越国人,两千多年来反而在古吴故都享有英雄美人的记忆,永远的——卧薪尝胆的坚韧和西子捧心的忧伤。

吴地先人们甚至给太湖万顷予西施,让她和心上人放舟远去;给良相伍子胥一条河、一座城门,永远铭记他的姓名;甚至连匠人干将莫邪也可以在这里成为两条大路的地标。

只是那个王,成了他故国最苍白的符号。

夫差,可以以一个深爱西施的男人被记忆吗?

可以以一个有雄霸天下壮志的青年君王被记忆吗?

在历史几经演义之后,夫差流传的样子是昏聩颠顶。没有人再追问王的真相,自然也不会有关于王的答案。

相比于王,连那个勾践身边的年轻谋士范蠡都好像更讨人欢喜。

是的,谋士是中国男性审美中的一美,何况范蠡。

范蠡是个聪明人。他是勾践卧薪尝胆的幕后推手,是越国反败为胜的直接领袖;尔后又在传说里化身为齐相鸱夷子皮,最后在民间故事里被爱戴得成了神,成为财神陶朱公。

范蠡这个人物几乎兼有从古至今中国文化对于一个成功男人的全部标准:能仕、能儒、能易、能商。人生中适逢其时的几进几退,是足智多谋也是忠肝义胆,能铁肩担道义又能急流勇退。

范蠡最早鲜明发表了"为王者,能同甘苦不能共享福"的仕途箴言,这句话至今仍影响着中国人的处世哲学。

他的一生几乎成全了所有的人——君、臣、百姓;更了不起的是,他还成全了自己,能善始善终。

这样一个天下第一等的男子,自是要一个天下第一等的美人儿来完美他的一生。所以，他最重要的身份是——民间公认的——西施的爱人。于是因为这个身份，西施与夫差的十年婚姻自然只能是虚与委蛇，是忍辱负重，是大义献身。

千百年来的故事让我们相信，西施是坚守着对一个男人的爱情与另一个男人相欢。她是在锦衣玉食里卧薪尝胆，一样的忠义。

有趣的是，正史里从没有记录过范蠡与西施的爱情。

这有两种可能。

一是美人计实在摆不上史官的书桌，自然只有一笔勾销。再就是，真就没有西施这个人。——如果是这样，吴越春秋可以少却这唯一一抹绯色，变得更血气方刚，成为男人们的较量。而我们又可以还原出怎样一个吴王夫差，怎样一个越王勾践？

历史的归真，实在是太沉重的学问。

季羡林先生说过，做人，要做一个"骨头硬、心肠软的性情中人"。这句话让我想到了夫差。当然，是我以为的夫差。也许，这个词儿是最合适他的了——性情中人。

性情中人，往往是命运对阵里的悲情英雄。那些骨头软心肠硬的人，常常占了上风，居了上位，坐了上席，比如勾践。我向来不喜欢这个人，倒也绝非故国旧恨。我认定他是个小人。一个人可以在落难时卑微到尘埃里，这本来就比较遭人鄙视，更何况一朝起势就马上诛功臣，杀亲随，灭了当年下贱的证据,这就很没有人性了!

勾践有没有卧薪尝胆?好像从来没有人发问。——也或许这是范蠡等人的策划,用王的自虐来包装他降吴时的苟且偷生,用一个王者自省的政治童话,骗回佚失的人心。

这个假设是不是也能成立?

如果这样,那可不可以给西施十年的爱情,让她爱上夫差?

在记载有西施的各版本野史里,她大都没有善终。但即便如此,也没有一个版本说西施最后为夫差所杀。她是死在了越国的朝野。如果这才是历史的真相,那这个美丽的姑娘一生最好的时光,是和夫差一起度过的。

记得十年前有部电视剧里这样描写结局,夫差在知道西施是因为

思念爱人范蠡而终日不快时，竟鼓励西施寻了范蠡远走高飞。这是个大胆的假设，虽然不真实，但足见编剧也认定了夫差性情如此，所以才会有一朝城破，西施仍决绝地别了范蠡。或隐或死，她终其一生是属于夫差的一个女人。

因为是性情中人，夫差会有不杀勾践的所谓妇人之仁，甚至可以重用范蠡，任人唯贤；因为是性情中人，夫差会把臣虏三年的勾践遣送归国，犯下放虎归山的大错。即使在吴国覆灭的时候，夫差做的两件事也是性情使然。一是请求勾践：勿毁我宗庙，勿涂炭我国民；二是在脸上兜上绢帕，自称无颜面见伍相，然后拔剑自刎。他死得悲情却从容。

他绝不会像十三年前的勾践那样以举国臣奴换苟且偷生。

如果西施也死了，或许，她会去找他。

苏州自夫差后，再不尚武。

差不多同一时代，南亚的一株菩提树下，一个饱经王国战乱苦恼的青年王子也突然明白，慈悲自在放下执着。

今年只剩下二十多天。

我要在早上吃一碗滚烫的腊八粥。

我不过是一个善感的性情中人。

## ·◯ 一碗软心肠的腊八粥

冬雪雪冬小大寒。这是一年中最冷的时节,中医认为"寒"为阴邪,最寒冷的节气也是阴邪最盛的时期,从饮食养生的角度讲,要特别注意在日常饮食中多食用一些温热食物补益身体,防御寒冷气候对人体的侵袭。

日常食物中属于温热的食物有糯米、高粱米、韭菜、茴香、香菜、荠菜、芦笋、南瓜、生姜、葱、大蒜、杏子、桃子、大枣、桂圆、荔枝、木瓜、樱桃、石榴、乌梅、香橼、佛手、栗子、核桃仁、杏仁、羊肉、猪肝、猪肚、火腿、狗肉、鸡肉、鹅蛋、鳝鱼、鳙鱼、鲢鱼、虾等。

熬煮一锅腊八粥,精选些豆、米、果、仁,食以御寒,食以补阳。

【食材】

大米：50克　白糯米、血糯米：各30克

薏米、小米、红豆、绿豆、黑豆：各20克　花生仁、莲子仁：各15克

核桃仁、干红枣（也可加入少量干百合、葡萄干）：各5~8克

冰糖：15克

【做法】

1. 花生仁、核桃仁放入预热170℃的烤箱，烤15分钟。

2. 薏米、小米、红豆、绿豆、黑豆用清水泡上2小时。

3. 所有材料加3~5倍水，水煮开后，用小火慢慢熬，熬制过程中要不断用勺搅拌，以免粘底。

4. 根据家人的口味调整稀稠程度，一般腊八粥要比平常略稠一些。

关于过去的 2016 年,世界纷芸。

很多 20 世纪了不起的人,走了。很多都是骨头硬、心肠软的性情中人,包括我钦慕的杨绛先生。她一生的座右铭是英国诗人蓝德的那一句:"I strove with none, for none was worth my strife."(我和谁都不争,和谁争我都不屑。)

他们在这个世界上的时候,都曾鼓舞了对这个世界感到不安的人。

他们走了,留下了这个世界和对这个世界感到不安的人。

我的朋友、优秀的媒体人易立竞几年前曾经采访过演员黄磊。

一直记得当时黄磊说过的一句话:"我不想宣战,我不想对话,我不想知解。喧嚣的就让它归于喧嚣,沉默的就让它归于沉默。"

人生难得的是熬清静。

不如,今天用我们的食谱熬一碗可以温暖自己的粥。

大寒

把每个朴素的日子
都过成良辰

白雪穹顶巧克力熔浆蛋糕

## ○ 把每个朴素的日子都过成良辰

大寒,二十四节气年度收关。

所谓大寒,是先人以为此时此刻正是天地间寒气逆极,而一年的二十四节气也到此为底。然而,至终者复始,四季一如既往又从此轮回,前仆后继。是冬烬,引燃春生。万象重启将在一岁更新时。

时光原来不曾宿醒,只是将生生不息都物化成了四时五味。

在过去的 350 天里,我和 Ray 在每个节气来临的正日,精制一道美味,用我们理解的"时食"去解读"时"与"候"之间,自然与自然的关系。我们在人生中第一次巨细靡遗地记得了二十四节气的滋味——

那滋味是立春家常团圆的年菜,是雨水解冻春风又解冻咸鲜的鱼冻饭;是惊蛰的腌笃天下鲜,是春分的沸滚春汤;是清明开的花朵凝露成的一滴樱花水信玄饼,是谷雨新茶沁香的一碗茶泡饭;是立夏就着葱油蚕豆佐食的乌米饭,是小满私房秘制鲜美爆浆的小龙虾;是芒种煮一杯盛夏的果饮，是夏至健脾开胃的三碗凉面；是小暑甜蜜的冰雪，是大暑吊鲜消暑的红烧藕圆；是立秋贴秋膘时取一张荷叶蒸肉，是处暑降火生津的自制橙香鸭脯小米糜；白露的秋水可以蒸入桃胶银耳冰糖炖雪梨里，秋分的凉意折叠进"木樨蒸"桂花椰蓉千层糕里；寒露用祛寒的名义热炒温补的"赛螃蟹"，霜降来一组糖霜闪电泡芙谐趣；立冬时用炎凉熬冻一块时鲜羊糕，追着小雪、大雪烘焙雪球核桃布朗尼、雪顶栗仁蒙布朗，用轻甜化消寒意；及至冬至，把阖家相思揉裹进五彩汤圆，然后在恰逢腊八的小寒，熬煮出浓稠的果仁五谷腊八粥……

食物的意义，是让我们走回天地日月中去，品味山川花鸟风云雨雪的物我情长，把每一个朴素的日子过成良辰。

公元前122年的农历十月，汉武大帝刘彻又改了一次年号。

这是时年三十四岁的他，在登基十八年来第四次修改年号。相比十六岁君临天下之初的"建元"，以及后来依次又改用的"元光"与"元朔"，这一次，刘彻改的年号显得极有个性，叫"元狩"。他给天下的理由是，因为在不久前的一次狩猎中，捕得一只稀罕的独角五蹄的异兽，因此以"狩"字记之。

百姓粗茶淡饭的寻常日子，耘秬渔牧依旧，墟里炊烟并不会因天子的一次灵异猎获而变成烽火。反倒还是作为这个王朝最高家庭的刘姓皇族，萧墙之内，狝狩的狼烟骤然翻覆起又一场腥风血雨。

这一年的冬月,汉武帝冲冠一怒向"淮南"——以谋逆问罪"淮南国王"——叔父刘安。

手持皇帝钦赐审判符节的大臣,还没踏进淮南王府,那个一代风流人物刘安就饮鸩自尽了,终年五十七岁,尚在壮年。汉武帝以恨不能罢为由,借机削藩,从此淮南国降格为九江郡。曾经天下才俊云集的豪门——淮南王府,自此后燕雀无声。

因为死于畏罪,而且还是意图政变谋反的重罪,所以,从《史记》到《汉书》,淮南王刘安这个名字,在史官罄竹指控的笔下,只有为天下人所不齿的"谋反"指控。

"淮南国王"这个名头好像是被下过蛊,在刘安之前,同样被冠以"淮南国王"的两届前任——汉初开国"战神"英布和刘安的父亲、汉文帝胞弟刘长,几乎都有一模一样从王品到亡命的运轨——曾经都与当朝皇帝情义笃厚,敕封千岁,然而结局无论有凭有据,还是无凭无据,都以"谋反"一罪了之。

刘安显然也终没有逃脱得了附体于"淮南国王"王冠下的这个噩运。

刘安死后十八年,即公元前104年,一个叫邓平的官员,被汉武帝委以主持议造新历法的使命。经过五个月协商,邓平和几位同僚向皇帝交复差使。这套全新历法甚得龙心,汉武帝高兴地又一次改了年号。这次的年号叫"太初"。太初,是指道教创世纪中天地混沌未开的宇宙洪荒时。显然,年过半百的刘彻,渴望一个比新更新的开始。他钦定这套全新的历法为《汉历》(因为这套历法诞生于太初元年,后来被称为《太初历》)。

历法是长时间的纪时系统。具体地说,就是对年、月、日、时的安排。相比掌握庶民与王公的生死,大帝的野心飞龙在天,他渴望着规划时间的往来。

《太初历》是我国古代第一部较为完整的汉民族历法,也是当时世界上最先进的历法。《太初历》第一次以国家历法的规制约定:一回归年为一年,等于365.2502日;一朔望月为一月,等于29.53086日,并将原来以十月为一年之首正式改为以夏历正月为岁首。

特别值得一提的是,正是在这套《太初历》中,二十四节气得以正式以国家历法的高度颁布。然而这并不是第一本将完整的二十四节气从口耳相传的民谚归纳进白纸黑字的专著。邓平他们所因循的资料著作,是一部经典——《淮南子》。那也正是当年英姿勃发、为天下才子领袖的淮南王刘安,为少年登基的侄儿刘彻编辑的经典导读。

从这一部《淮南子》的创作初衷来看,确实有刘安作为叔父对于少年皇帝的全部寄望与用心,他率门下才子精编老子、庄子、列子等道家思想集萃,兼收儒家、法家、阴阳家之言,可以说是一部天子读物的"综合课本"。而在其中,他特别收录了当时流传于民间,用于农事的二十四节气,记述了天地万物生长与人生作息温饱的关系。

在刘彻的青少年时代,这个才情极为出众的叔父,是他景仰的学识楷模。据记载，刘彻珍藏了刘安写的八十余篇诗赋文章，其中一篇《离骚传》是他故意出题考验刘安的命题作文。他上午将刘安传来约稿，希望他详细注释解读《离骚》。刘安当即动笔，半天时间就完成了。这部一气呵成的《离骚传》，立刻成为当时文坛的一面旗帜，即使连赋文大师司马相如、史论大师司马迁都自愧不如，崇拜不已。即使司马迁一边要将刘安以谋反罪人写入史册，他也没有回避说在《史记·屈原列传》中摘抄了刘安《离骚传》原作的大半。

刘安主编的《淮南子》中，不仅有了和现代完全一样的二十四节气的名称，而且记述了二十四节气的名称是随着斗纲所指的地方并结合当时的自然气候与景观命名而来的。所谓斗纲，就是北斗七星中的魁、衡、杓三颗星随着天体的运行，斗纲指向不同的方向和位置，其所指的位置就是所代表的月份。用现代科学解释，二十四节气是根据太阳在黄道（即地球绕太阳公转的轨道）上的位置来划分的。视太阳从春分点（黄经零度，此刻太阳垂直照射赤道）出发，每前进15度为一个节气；运行一周又回到春分点，为一回归年，合360度，因此，分为24个节气降水现象，表明降雨、降雪的时间和强度；白露、寒露、霜降三个节气表面上反映的是水汽凝结、凝华现象，小满、芒种则反映有关作物的成熟和收成情况；惊蛰、清明反映的是自然物候现象，尤其是惊蛰，它用天上初雷和地下蛰虫的复苏，来预示春天的回归。

2016年11月30日，中国"二十四节气"被正式列入联合国教科文组织人类非物质文化遗产代表作名录。刘安和《淮南子》又再次被媒体提及——在他结束生命的四千二百一十一年之后。

在正史的谋乱面目之外，所谓野史，比如《太平广记》，刘安是个活得痛快，不愿与皇族同流，以至于被民间暗奉为下凡的神仙。在野史里，刘安聪明得异于凡人：他不仅是世界上第一个发明出豆腐制造方法的人，还是个致力于研究豆腐有多少种不同吃法的吃货；更叫绝的是，他还是世界上最早尝试热气球升空的实践者。他将鸡蛋去汁，以燃烧艾草获取热气，使蛋壳浮升。然后幻想有一个巨大的可以承载自己的体重的蛋壳……

这个活泼有趣的淮南王，在民间始终有一派观点坚信，这个来人间一遭的神仙当然不是畏罪自尽，而是来玩了一遭，又回去了。

无论祸害了人间，还是优游于人间，刘安的灵魂来而又往。四千年过去，我们可以用一百种方法吃着豆腐。然后，把一年的二十四节气从立春过到大寒。

光阴似鉴，照面。光阴似柬，相约。光阴似涧，流连。
光阴似笺，字里行间，念念。
光阴似溅，失缺。光阴似剑，伤离别。
光阴似茧，还原。
光阴似翦，新羽初生，一往无前。

## 白雪穹顶巧克力熔浆蛋糕

大寒时,太阳到达黄经 300°。寒潮南下,是我国大部分地区一年中最冷的时期,风大、低温、冰天雪地、天寒地冻。

但有趣的是,我国古代将大寒分为三候时却生机盎然。"一候鸡乳;二候征鸟厉疾;三候水泽腹坚。"就是说到大寒节气便可以孵小鸡了;而鹰隼之类的征鸟,却正处于捕食能力极强的状态中,盘旋于空中到处寻找食物,以补充身体的能量抵御严寒。是的。其实生机就蕴藏在看似最冷酷的中心。

想到美国诗人迪兰·托马斯(Dylan Thomas)的那首诗《不要温和地走进那良夜》(*Do Not Go Gentle into That Good Night*)。"请不要温和地走进那良夜。长啸。请引吭长啸。在每一寸温暖颓暗时长啸。请不要。请不要以垂老暗示自己,从此解下直驱光明这一路上已与血肉浑然一体的征袍。"

寒天穹庐,笼盖四野,请你依然保有一颗滚烫的心。

○ 白雪穹顶

【食材】

法芙娜白巧克力：100克　气球：若干个

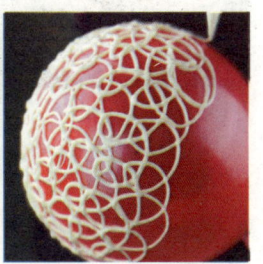

【做法】

1. 白巧克力隔水熔化。

2. 巧克力温度降到30℃后，装入裱花袋。

3. 将气球吹至直径约为15厘米的小球，扎紧球口；将装有白巧克力液的裱花袋剪小口，挤出，从气球顶部开始画圈，层层叠加。

4. 白巧克力液画套圈至气球球体约2/3处，然后将气球放入冰箱冷冻格，冷冻约20分钟。

脱模诀窍：白雪穹顶的脱模是关键步骤，可将气球吹气口朝上，罩有白巧克力模的球顶倒置在杯口，用小剪刀在气球吹气口部位扎一小口，务必让气球内气体慢慢释放（过快易爆裂），撒气完成，穹顶完全脱离。

 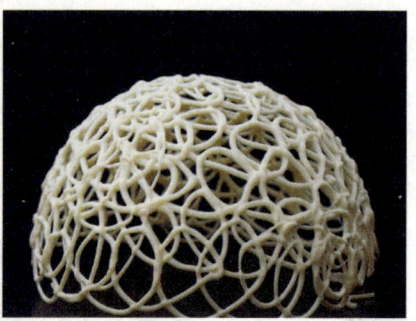

## ○ 巧克力熔浆蛋糕

【食材】

法芙娜70%黑巧克力：100克  黄油：100克  全蛋：2个

蛋黄：2个  细砂糖：50克  糖粉：5克（装饰用）  低筋粉：100克

【做法】

1. 巧克力和黄油隔水熔化,搅拌均匀至柔滑;加入细砂糖,翻拌。

2. 分三次加入蛋黄和全蛋,用蛋抽打匀。

3. 筛入低筋粉,用刮刀略翻拌成面糊。

4. 模具里面刷薄薄的一层黄油,然后将巧克力面糊挤至模具2/3处。

5. 蛋糕坯先入冰箱冷藏30分钟,然后放入预热200℃的烤箱烤10分钟,即成。

6. 巧克力熔浆蛋糕趁热剖开,内芯即有热巧克力流出,形成美味的爆浆效果。

# 二十四食记增补篇

|上元|二月二 龙抬头|复活节|大师兄食|七夕|中秋|万圣节|感恩节|圣诞节|

○
上元 ｜ 荠菜汤圆　天下去得

荠菜汤圆

## ◯ 荠菜汤圆　天下去得

正月过到十五，作为一年身心长假的农历新年，就算是真正告一段落；再长的年假，也大多以此为结点。这一夜明月下，元宵吃罢，花灯闹过，年节这一篇就算翻过去了。盛宴过后，长路向远，又进入年复一年、一如往常的生活，一如往常地讨生活。

我很小的时候，老爸经常给我念一本书《菜根谭》。字句中的深义，小时候并不懂，但因为语言有格律，悦耳动听，我很喜欢。其中有这样一句：随缘便是遣缘，似舞蝶与飞花共适；顺事自然无事，如满月偕盂水同圆。——后来慢慢知道，人生，真如此。——元宵节自然有满月。这一夜与满月同圆的，有一种必不可少的食物：汤圆。

把汤圆与元宵的南北之异，馅儿芯的咸甜之辩，暂且搁下；Ray 在元宵节做的是荠菜肉汤圆，咸鲜口。Ray 说，这味道，是童年。

元宵前，她拖着我在小区绿地里、小坡上、池塘边，一路寻找。

我说你找什么呢。她说找那种叫童年的馅儿。

那味馅儿的主料就是一种野菜：荠菜。

Ray 说，小时候过春节，外婆膝下那些上山下乡、支边天下的儿女带着下一代归来团圆；老人一个春节就几乎不离灶台了，那时还是供给时代，食材并不丰富，于是，外婆就带着儿孙辈去门前屋后挖荠菜，变着花样做点春卷，包点馄饨，裹点汤圆。馅儿芯鲜咸，是身为母亲、身为外婆的那个老人全部的爱与挂念。

"城中桃李愁风雨，春在溪头荠菜花。"辛弃疾给这种野菜写过诗。

荠菜，先春而萌，是返青最早的报春菜；不畏严寒风霜，水边坡上，蓬勃生长。

在往来的岁月里，在往来的路上，野菜是天下粮。

今夜元宵，月成全，望善待圆满。

举头时，目所及处光明满意，皆大欢喜。

此夜后，长路不歇，愿心怀明月，所历辛苦总能消解，有爱无缺。

正月十五，上元节。天官赐福。

咬得野菜，天下去得。

去吧，世界很大，背后有家。

我们勇敢出发！

## ○ 荠菜汤圆

○ 拌馅儿芯

【食材】

荠菜：500克　鲜肉糜：200克　糯米粉：300克　水：大量　盐：适量

生抽：2勺　料酒：1勺　麻油：1勺　面包屑：1勺　食用油、葱姜末：适量

【做法】

1. 荠菜洗净，焯水。Ray 的诀窍是在水中放1勺盐、2勺食用油，可以保证荠菜焯水后依然油绿；捞出后，过冷水，挤干水分切成菜末备用。

2. 选用新鲜猪肉糜，加入料酒、生抽、葱姜末，搅拌上劲，腌渍。

3. 腌渍片刻的猪肉糜倒入荠菜末，加入少许盐，搅拌均匀，再加入1勺香油、1勺面包屑，增香、保鲜，同时也锁住水分。

o 包汤圆

1. 包汤圆的第一步是和面,也就是和糯米粉面团。Ray特别提示:一定要加入热水,60℃左右最佳,大概就是用手试时,温度感觉烫手。

2. 热水缓缓地加入糯米粉,一边倒一边搅拌,直到糯米粉结成大块,看不见水,就可以用手揉,直至成光滑的面团。

3. 糯米面团完成后,必须马上包汤圆。取一块面团,揉圆,边从中间向下按边转,按成一个敞口的迷你小碗状,就可以往内放制作好的荠菜肉馅。

4. 加入肉馅后,慢慢封口,封口处多余的面团去除后,轻轻将汤圆揉圆定型。

o 煮汤圆

1. 煮汤圆也是有技巧的。首先就是必须用开水煮：锅内水烧开，然后逐个放入汤圆，用勺轻轻推送，防止刚入锅的汤圆粘连或粘住锅底。

2. 煮汤圆始终用旺火。水开，汤圆入锅；等水再次沸腾后，旺火再煮5分钟，就可以出锅啦。

## 二月二 龙抬头

### 昂扬饱满 沐春向前

酱汁肉　春天餐桌上的胭脂

## ○ 昂扬饱满　沐春向前

二月初二,如果说到美食,苏州人是要吃"撑腰糕"的。撑腰糕有点像桂花糖年糕,只是粉筛得更细,入口清香,并不甜腻。老话说,二月二一过,就要开始一年的耕种劳作,吃了撑腰糕打打气,祈愿筋骨强健,十分耕耘,十成收获。

除了给壮劳力们撑腰,温柔乡里的苏州文人,一片糕里也还是要吃出点诗意的。清朝有个叫许锷的文人,就写过一首名为《撑腰糕》的诗,文从字顺,相当通俗易懂。

新年已去剩年糕,饱啖依然解老饕。
从此撑来腰脚健,名山游遍不辞劳。

这位许先生的意思就是年过到正月底,算是过完了。吃罢撑腰糕呢,要去一次说走就走的旅行。诗写成这样,他的腰不一定是年糕撑的,大抵是腰包撑的。还有一首更有名些的诗,关于撑腰糕的——是一个叫徐士铉的诗人写的,这首诗收录在《吴中竹枝词》中。每年到这个时节,就会被苏州人拿来给撑腰糕做广告。所以,从语文的属性上说,广告文案与诗,有时候不在于创作主题,纯在于阅读主观。

徐士铉的诗是这样写的:

片切年糕作短条,碧油煎出嫩黄娇。
年年撑得风难摆,怪道吴娘少细腰。

他笑如果真得一年年吃糕吃得腰杆儿风吹不摇,那来苏州就见不着美人小蛮腰了。这两句诗要发在今天的大女子时代,估计腰粗的姑娘们发弹幕就能黑徐先生个遮云蔽日。另外,宕开一笔,他的这首诗其实是套用了苏东坡一首著名的美食"广告"诗。

纤手搓来玉色匀,碧油煎出嫩黄深。
夜来春睡知轻重,压匾佳人缠臂金。

苏东坡的这首诗据传是为一个苦于生意的路边摊所作。后世,卖大饼的说写的是大饼,卖油条的说写的是油条,也有说写的是馓子。总之,不少广告学教材都收录了此诗,作为餐饮策划优秀文案范本。不过我个人始终觉得这诗着实不像写给路人的,倒像是写给佳人的。不像是给油条馓子写的广告,倒像是植入了缠臂金的广告。

二月二一过，春天就回来了，生活又繁忙劳碌起来。希望把一切重复的，当做一切又是崭新的。

希望每个人每一个新年企图都昂扬饱满。挺直腰板，沐春向前。

借二月二民间多吃面食的饮食风俗，我们就再包回饺子吧。

饺子，真是中国人民喜爱的节庆食物。尤其在北方，基本上可以通吃除端午中秋以外的所有节日。只要过节，万一不知道该吃什么，就吃饺子。

二月二这一天，在北方就有吃饺子过节的。这一天饺子不叫饺子，要称"龙牙"，讨个口彩。

其实，所有节庆风俗，食物都只是个承载，其中的盛情美意和希冀期许，我们都懂。

饺子的包法真是因人而异，各家各法。家常饺子通常就是双手一握。很多大老爷们儿比较喜欢用这个方法斗快。

我喜欢它形状简洁又饱满，也很像个福袋。

家常饺：面皮对折，捏紧中间部分；双手大拇指成交叉状，指尖从两边向中间压实。

金鱼饺：面皮对折，从三分之一处捏紧；开口一头与对角线连接，做出鱼头鱼眼；指尖轻揪，捏出鱼脊；用小勺填彩色蔬菜馅料点睛鱼眼。

四喜饺：面皮对折，捏紧中间部分；再将另一端对捏成四角状；用小勺将四色馅料塞入四角。

## 酱汁肉　春天餐桌上的胭脂

是的,你看到一块肉。

在春天的江南,很多人好这一口。

它入口甜蜜,口感丰腴,饱满鲜美又不失筋道。美食老饕会根据在舌齿间的"酥润"感为这一块肉评分。能称得上佳作的,皮应当糯而不烂,间肥间瘦的肉层,肥肉要醇厚浓郁,入口即化,瘦肉里收汁丰富,一咬清香,嚼劲恰当,不柴不垮。最漂亮的一分要用来评判颜色——它是春天餐桌上的胭脂——这就是苏帮菜里的"俏妞儿":酱汁肉。

"胭脂为脸玉为肌,未赴春风二月期。" 这是宋代才女朱淑真的名句,她的词意婉转,其实就是希望当红颜正好的时候,当做春色赏,不要被辜负。如果将文艺的女儿心放下,在一个吃货眼里,酱汁肉就是这农历二月里最不能错过的、值得大快朵颐的"春色"。

春风二月期,苏州人餐桌上的"开春第一肉",也是春色里的胭脂。

酱汁肉应该算是卤酱菜,口味应该归于五香。相传四百年前,在那座红尘中第一等富贵繁华之地的明代姑苏城中,就有应市,听说那时叫酒焖汁肉,是用上等的黄酒焖烧催出了独特的肉香。据记载,当时的肉已经是红色的,而且确实是用女红妆的胭脂着色——当时的胭脂多用红蓝花制成,也是纯天然色素。大概到清代,渐渐改用红曲米着色，也更名叫做酱汁肉。

红曲米，其实是一味中药。它本是由籼米、粳米用红曲菌发酵而成，健脾消食、活血化瘀，特别对于积食饱胀有功效。不知道当年老祖宗怎么想到用它焐肉上色，把药材的消食解腻沁入食材的醇香肥美，用克相生，这也是美食的智慧。

苏州酱汁肉最有名的店铺是百年老字号陆稿荐。看新闻说，开卖高峰时，一天可以卖两千斤。两千斤！这还只是一家店的销量！

所以说，春色以肥为美。

酱汁肉在自己家里也可以做。制作并不算难，但是需要巧妇慢工。

春天初来，元气渐醒，所以这个季节是爱吃肉的。

前些日子看书说，各种食物有各自不同的性味，对人体也有不同的功用。有的食物"主养命"，有的食物"主养性"。肉，应当还是养性的。孔子在论语里说：肉虽多，不使胜食气。意思是说，肉就算爱多吃，也应该要与五谷（食气）恰当和合，不能偏食了。

春天的餐桌，百味好。就像春光烂漫，当行乐，不宜贪。人生也当如此。

【食材】

五花肉　红曲米

姜片：若干　小葱结：若干　绍兴黄酒：2大勺

冰糖：10粒左右　八角：1颗　盐：适量

【做法】

1. 制作红米水：将红曲米碾碎成粉，置于茶包袋中，放在锅内冲入沸水，加入2勺绍兴黄酒，加盖泡2小时，轻轻搓捏促使色素充分溶解，至袋内红米粉成渣，水变稠，即成红米水。

2. 红出水：五花肉洗净整块放入锅中，加泡好的红米水，没过肉块；大火烧开后撇尽浮沫,放入姜片、小葱结和八角,加盖煮 1 小时使肉块上色。这个步骤有个好听的名字叫"红出水","红出水"也是决定酱汁肉成败的关键步骤。

3. 切肉块:将上色的肉块捞出,"红出水"的汤汁放一边待用,肉块用清水冲洗干净,改刀成 4 厘米见方的小块;再另外准备一口锅(最好是不粘锅),锅底垫上一个平盘,将肉皮朝上整齐地摆放在盘中,把盘置于锅中间。

4. 烧制:调入绍兴黄酒和"红出水"汤汁,将肉块完全浸没,加入冰糖,用少许盐调味,大火烧开,中火续煮 1 小时以上。

5. 成品:待到肉呈樱桃色,用筷子轻轻触碰会微微弹颤,小心地将肉连盘取出;肉取出后,可以用微火将多出来的汁水收至稠稠的膏汁浇在肉上,一块家制的酱汁肉就是这么完美!

红曲米粉不溶于水，溶于乙醇，在浸泡过程中一定要加入黄酒，这样泡出来的红曲米水才会呈现深红色，更容易给肉上色，上色后的肉才是浓浓的樱桃红色。

一块好的酱汁肉的三大标准：
第一，肉要酥；
第二，色要红；
第三，味带甜。理论上，一块正宗传统的酱汁肉甜度也很要紧，不过在提倡少甜低糖、健康饮食生活的今天，酱汁肉的"甜"已经不是当年那般重口味。但是它仍然必须是一块让人有甜蜜感的肉哦！

## 复活节

### 生生不息是复活的意义

复活节彩蛋麦芬

## 生生不息是复活的意义

每年春分月圆之后的第一个星期日,是一个西方的宗教节日:复活节。基督教徒认为,复活节象征着重生与希望。

在欧洲古老传说中还有另一个关于复活节的神话故事,春季女神Eoster为救一只在冬季被冻得奄奄一息的小鸟,把它变成拥有厚厚皮毛的小兔子。救活后的小兔子却依旧保持着生蛋的能力,每年三月春天新来,就会再下蛋,蛋中又会孵化出新一代神奇的小兔子。

这只神奇的兔子,成为欧洲各民族神话故事的宠儿。它是古希腊神话中,爱神阿弗洛狄忒最心爱的宠物,又蹦哒到日耳曼神话中,为土地女神霍尔塔做手持烛火的引路小使者。到了十九世纪,英国了不起的童话《爱丽丝漫游仙境》里,它又是那只"三月兔"的原型。噫,好像女神都需要一只兔子呢,我们中国的嫦娥也不例外。

Ray 和 Olivia 都是属兔子的。所以在复活节,作为一个资深甜点手艺达人的 Ray 放个大招:创意甜点——复活节彩蛋麦芬。绝对吮指咂舌的美味!

"蛋生"的复活节兔，象征春天的复苏和新生命的诞生。因此，复活节彩蛋也是这个节日必不可少的仪式。通常彩蛋是做成巧克力或甜点，代表着人们庆祝春回大地、万物新生的甜蜜与喜悦。

Ray 的创意甜点：复活节彩蛋麦芬——麦芬又名玛芬或妙芙，是英式松饼（Muffin）的音译。麦芬内芯松软，外形酥香，Ray 特别取蛋壳作为这道节日甜点的盛器，也象征着从蛋壳中破壳而出的，是甜蜜的生生不息。

在所有的信仰里，我信仰生命向好。

我相信，甜蜜的生生不息，是复活的意义。

## 复活节彩蛋麦芬

【食材】

低筋粉：100克　原味酸奶：80克　黄油：30克　鸡蛋：1个

细砂糖：30克　柠檬汁：10毫升　小苏打：1/4小勺　泡打粉：1/2小勺

草莓酱　抹茶粉　巧克力

【做法】

○ 蛋模准备

蛋模，就是盛放麦芬的模具，是这道节日甜点最为别致的盛器。将鸡蛋从顶部用剪刀小心地剪一个小口（约1厘米直径），倒出里面所有的蛋液。

空蛋壳用水冲洗干净，再用淡盐水浸泡30分钟清洁，然后晾干备用。

○ 麦芬制作

1. 黄油软化以后，加入细砂糖，用打蛋器打发到颜色变浅，体积膨松。

2. 分两次加入打散后的鸡蛋液，同样用打蛋器打发。

一定要等第一次加入的鸡蛋液完全和黄油融合之后，再加入第二次哦！

3. 加入柠檬汁和酸奶,继续搅打均匀。

4. 筛入低筋粉、泡打粉、小苏打并混合均匀。

过筛的目的是使粉质更绵密细腻。

5. 用刮刀将混合粉浆翻拌均匀,成为麦芬面糊。

6. 麦芬面糊平均分成三份,分别放入草莓酱、抹茶粉和熔化的巧克力,

不同口味各自装入裱花袋。

7.将各口味的麦芬面糊小心挤入清洁后的蛋壳,至蛋壳2/3处即可。

8.烤箱预热至180℃,放入装有麦芬面糊的蛋壳,烘焙20分钟,至完全膨发后从烤箱中取出——复活节彩蛋麦芬制成!

如果有一些面糊溢出,用小刀小心地刮去即可。

【Ray's Tips】

1.麦芬的制作过程简单快捷,成品松软可口,加入适量柠檬汁后别有一番清新的风味。

2.糖和油都比传统麦芬配方减半,是低脂低糖的改良版本。

3.配方里用到的柠檬汁也可以用新鲜柠檬挤出的汁代替,新鲜柠檬汁比较酸,可以减少用量。

大师文食

莎士比亚的权力与爱情

马苏里拉芝士司康

## 莎士比亚的权力与爱情

2016年4月23日,联合国教科文组织确定的"世界读书日"在全球落地推广二十周年的纪念日。

联合国教科文组织选择在这天向全世界的书籍和作者表示敬意,鼓励每个人,尤其是年轻人,去发现阅读的快乐,对那些为促进人类的社会和文化进步做出无可替代的贡献的人表示尊敬。

为什么是这天?因为这天是一位大师的生日,并且耐人寻味的,这也是他逝世的日子。这个人就是伟大的威廉·莎士比亚(W. William Shakespeare)。

这天,是他逝世四百周年。

那一年,在与英格兰八小时时差、相距八千八百千米的东方古国,是明朝万历四十四年。那个少时勤勉的皇帝朱翊钧已沉溺食色、荒于治国整整三十年,大明气象已现溃势。就在那一年,在辽东,一个叫爱新觉罗·努尔哈赤的女真部落首领,宣布建立了新的国:金。王朝的权力游戏至此豁然开幕。而在江西,同样那一年,汤显祖逝世了。

那是一位与莎士比亚同样伟大的戏剧家,他们同时选择用戏剧来表达对人生的理解。

汤显祖一生以梦作剧,所谓:情不知所起,一往而深,生者可以死,死可以生。生而不可与死,死而不可复生者,皆非情之至也。

莎士比亚一生以剧作梦,所谓:世界是一个舞台,所有的男男女女不过是一些演员,他们都有下场的时候,也都有上场的时候。一个人的一生中扮演着好几个角色。

大师有时候就是这样,结伴降临人间,又结伴离开。

那一年,东西方两颗"剧星"殒落。红尘中,从此少了两位伟大的讲故事的人。

对于美食而言,无论鲜活与酝酿,都是自然中的四时馈赠。所有调和的五味,也无非是时光的承载。

对于文艺作品而言,在那些个性鲜明的人物身上,我们关注的是自己的样子。所有被赋予的可以与命运之神抗争的决心和勇气,围猎悲欢离合、七情六欲,在创作者笔下起落,演绎人生转合。

## ○ 马苏里拉芝士司康

英国算不上是一个美食之国,乏善可陈的"炸鱼薯条"在十之八九的英国美食索引上显得大名鼎鼎。如何找到一种味道,可以准确地表达我们纪念莎士比亚大师之意呢。我们想到了他 38 部戏剧里的两个关键词:"权力"与"爱情"。

司康(Scone),是英国头号甜点。在正宗的英式下午茶中,缺其不可。其实 Scone 这个单词,来源于大不列颠岛上著名的一块"权力之石"——司康石(Stone of Scone)——苏格兰历代国王都站于其上,接受加冕。因此,也被尊称为"命运之石"(Stone of Destiny)。

颠沛的苏格兰王权,充满了铁血恩仇。其中,1034 年,在今天的苏格兰地区,新的王:邓肯一世加冕,其表弟麦克白将军觊觎最高权力,兵变篡位。冤冤相报,邓肯之子马尔康姆三世,十年后削首麦克白,复仇成功,重登王座。成王败寇的血泊,后来淌入莎士比亚的墨水瓶中,那支鹅毛笔间。他传世的杰出剧作《麦克白》,将苏格兰土地上抵死的权力争夺,彻底戏剧化,成为一部昭示后世的伟大的人类悲剧经典。与《哈姆雷特》《奥赛罗》《李尔王》一起,被拜为是莎士比亚的"四大悲剧"。

于是,我们决定做一块温暖松软的司康饼,愿这块轻甜的"权力之石",化干戈为食欲,将人生所有不甘,咀嚼为甘。

马苏里拉芝士(Mozzarella Cheese)是意大利原产特有的淡味芝士。

正宗的马苏里拉芝士是由当地的水牛乳制成,色泽淡黄,含乳脂50%,是制作意大利比萨最重要的原料之一。做英式司康饼可以加各种芝士。选意大利典型的马苏里拉芝士,是因为莎士比亚大师诸多伟大作品的发生之地正是在亚平宁半岛,其中那场凄绝绵延四百年的爱情《罗密欧与朱丽叶》,也孕化了多少勇敢的、热烈芬芳的爱情。

所有缠绵牵绊,或许都可以在融化进司康饼的马苏里拉芝士里,不可说地、不必说地品味着。

爱无他。爱是遇见了懂得。

【食材】

低筋粉：250克　黄油：60克　鸡蛋：1个　牛奶：80克

马苏里拉芝士丝：95克　泡打粉：1勺　盐：1/4勺　细糖粉：50克

【做法】

1. 低筋粉加泡打粉和细砂糖混合均匀，过筛备用。将室温融化的黄油切小块倒入过筛好的面粉中。

2. 用手把面粉中的黄油块捏均匀，捏好的粉质变粗，看上去像燕麦粗面。

3. 加入已切成丝的马苏里拉芝士，翻拌均匀即可，使每一条芝上都沾上面粉。

4. 牛奶加鸡蛋打散，缓缓加入和好的面粉中，慢慢地用手揉成一个面团，

**手法要轻**，不用过分揉搓，只需要慢慢揉成一个面团即可。

5. 把揉好的面团切成大小相等的两块，放入保鲜袋在冰箱冷藏1小时。时间到后，取出冷藏好的面团，放在硅胶垫上，若面团太黏可在面团上撒少许低筋粉。将两块面团分别用擀面杖擀开，叠在一起，再继续擀开，然后折叠，连续折叠2次后，用手拢成一个高2厘米的圆形面片。

6. 从中间开刀，切出三角形的司康半成品。形状完全可以根据个人喜好切割，传统的司康是三角形，也可以用饼干模具切割成任意可爱的喜欢的形状。

7. 烤制：将切好的司康摆入垫了锡纸的烤盘中，烤前在表面刷上一层蛋液。烤箱预热180℃，中层上下火烤10分钟，后转200℃，继续烤10分钟至表面呈金黄色即可。

8. 用了马苏里拉芝士，烤好的司康会呈现出拉丝状。

○ Ray's 番外：关于 low tea 和 high tea

莎士比亚其实并没有喝过英式下午茶。因为，英式下午茶的诞生是在他逝世两百多年后的十九世纪中期。一份正宗的英式下午茶，应该有三明治、司康饼、果酱、奶油以及搭配的其他小甜点，与茶组成。

在关于英式茶点的一些习惯用语中，最容易被混淆的就是 high tea（高茶）与 low tea（低茶）。很多人习惯用中国思维的高、低之分，将英式下午茶想当然地称为 high tea。其实，high 和 low 在这里的用法，完全不是意会的高级、低级。反而 low tea 才是传统英式下午茶的亲切准确的叫法。之所以叫 low tea，原因其实简单而有趣。因为下午茶时，客人会坐在低矮的沙发上，茶点自然摆在较低的茶几上。

相反，所谓 high tea 则盛行于英伦普通大众中，更像当晚餐的点心。如果看过经典英剧《唐顿庄园》就会知道，high tea 在剧中，是晚间庄园用人们填肚子的点心。他们或站或坐在较高的餐桌椅上，高效地快吃快走，继续干活。

七夕

梦之浮桥
*A La Claire Fontaine*

法式经典甜点
覆盆子费南雪

## ⚬ 梦之浮桥 *A La Claire Fontaine*

睡在漂动的月光／梦跳起华尔兹／回忆又再次盛开玫瑰的浮桥上
爱从不同的路过来命运只有一颗心

六月的驼云倾倒／三月下过的雪／仰起脸只为迎接落空的一个吻

Il y a longtemps que je t'aime / Jamais je ne t'oublierai[1]

在我举杯的时候／把对面留给你／当遇到美好诗篇要为你读一遍
你只需在燃烧过后把灰烬全留给我

爱并不盲目／没有爱才盲目／开始在你来之前结束在你走后

Il y a longtemps que je t'aime / Jamais je ne t'oublierai

我已经开始苍老／因为爱过了你／你甚至不用知道爱你的我是谁
爱恋中每一个瞬间都可能就是一生

时光都已经不再／你比我更永恒／亲爱的没有了你就没有任何人

Il y a longtemps que je t'aime /Jamais je ne t'oublierai

---

[1] 我爱你已久／永不能忘。

纤云弄巧,飞星传恨,银汉迢迢暗度。金风玉露一相逢,便胜却人间无数。

柔情似水,佳期如梦,忍顾鹊桥归路。两情若是久长时,又岂在朝朝暮暮。

如果要给七夕这个节日找一首主题歌,北宋婉约派"词宗"秦观填的这阕《鹊桥仙》理当不二之选。

后世有评,将"两情若是久长时,又岂在朝朝暮暮"一联,与"人生若只如初见"一句、"曾经沧海难为水"一句,合尊为中国古诗词中爱情哲思名句的三大巅峰。而秦词尤胜一筹。

宋神宗元丰八年,即1085年,江苏高邮大才子秦观终于中了进士。这一年生肖牛年,是他的本命年,他已经三十六周岁了。和这个大才子才情早慧相比,他的仕途绝对可谓晚熟。如果不是大他十二岁的苏东坡履职徐州后,动辄就追到高邮去赶着让他复习迎考,秦观估计早就放弃了他的"大宋公务员考试"这条路。

中进士后,秦观得授"定海主簿",转年赴任"蔡州教授"。蔡州大致就是今天河南汝南,他的官职相当于当地教育部门的最高长官。

和绝大部分古典言情桥段一样,初到蔡州的秦观,路遇一户家贫卖女的边氏人家,售卖的是年仅十三岁的幼女。才子一动心,将小姑娘买进秦府。转瞬五年过去,作为苏门四大才子的秦观,离任蔡州,赴京师任太学博士。这一年,他四十一岁。在秦府长成的边氏姑娘,十八岁,青春正好,容貌不凡。两厢情愿,秦观纳边姑娘为侍妾,并仿苏轼的侍妾王朝云之名,为边姑娘取了个名字"朝华"。

五年来,大才子身边长大的边朝华对秦观久仰山斗,心向往之。而不惑之年的秦观,小情人的缱绻柔情生发出他无数妙笔文章。有诗词为证,秦观对朝华不惜笔墨,更不惜浓情。"天风吹月入栏干,乌鹊无声子夜阑。织女明星来枕上,了知身不在人间。"小情人在秦观笔下、枕边、心上,被比作衣袂飘飘的织女。此后的多首诗词中,边朝华也一再被秦观以"织女"相比,柳腰花态,玉质天成。

秦观不曾想到,这忘情的比拟一语成谶。织女的爱情厄运,几个月后就降临到了他们身上。就在他们结婚当年的初秋,赏识苏轼的太皇太后辞世,宋哲宗亲政。反苏一派登场,政治大清洗的山雨扑面袭来。秦观身为"苏门四学士"之一,在劫难逃。

面对心爱的小情人,秦观不忍连累,遣送她回了娘家,并写下题为《遣朝华》的诗相赠,"不须重向灯前泣,百岁终当一别离。"但这一次别离,情急心痛,不满一个月就失败了。在同时代的文人张邦基的笔记《墨庄漫录》中有记述:"朝华既去二十余日,使其父来云:不愿嫁,乞归。少游怜而复取归。"

知君却是为情秾。怕见此花撩动。小别离后的深情固然,但大时代的风云激变已生。随着苏轼被贬惠州,秦观也被降职外放,坐罪遭贬。对前途极为悲观的他不希望青春年少的朝华一起受难,于是他找了个听上去荒唐,说出来堂皇的借口。他说自己厌倦了红尘,要去方外修仙,从此尘缘尽了。这个理由让边朝华再无法坚持挽回。分别时,秦观写就《再遣朝华》:"玉人前去却重来,此度分携更不回。肠断龟山离别处,夕阳孤塔自崔嵬。"肠断夕阳孤塔,情人知己就此生离。别后的秦观并没有向仙而去,倒是边朝华削发为尼,遁入空门。

秦观在此后四年多,一路被贬流放,自处州徙郴州、横州,一直到了大陆之南的雷州。1100年,五十一岁的"词宗"秦观在一次酩酊大醉后,高呼三声口渴,仰面微笑,客死他乡。

出家的边朝华在得知秦观逝后不久就圆寂了。除了秦观为她所写的诗词,别无遗物。

或许他会等到他的织女。金风玉露一相逢，便胜却人间无数。

"对于死亡，我所感到的最大痛苦，是没能为爱而死。"加西亚·马尔克斯在他那本伟大的《霍乱时期的爱情》中这样说。

我问好友："怕死和怕没有爱，哪个怕更大？"

好友回答："一定是更怕死。有爱会好些。"

是的。如果有爱，死也不过是一次别离，会重逢。

  我已经开始苍老 / 因为爱过了你

  爱恋中每一个瞬间 / 都可能就是一生

  Il y a longtemps que je t'aime

  Jamais je ne t'oublierai

## ○ 法式经典甜点　覆盆子费南雪

费南雪，Financier，曾是法国贵族阶层中仅次于马卡龙的 TOP 2 甜品。

费南雪最原始的配方源自 Visitation 修道院的修女们独创的甜点。烘焙师 Lasne 将其改制成小小的"金砖"形状，命名为"Financier"，一经面世，因为寓意吉祥，口味甜美，迅速成为法国上流社会最受欢迎的茶点之一。

法国巴黎丽兹酒店（Hotel Ritz Paris）将其引入作为标志性的迎宾甜品。四时五味入口主理人 Ray 在 Ecole Ritz Escoffie（丽兹厨房）学习时，也习得了丽兹酒店的真传。回国后经过反复优化，形成了 Ray 的 Financier。

七夕，用这小而甜美的"金砖"为心爱的人搭建一座舌尖心上的"梦之浮桥"。

【食材】

蛋清：130 克　低筋粉：50 克　杏仁粉：50 克　玉米淀粉：5 克

泡打粉：2.5 克　无盐黄油：130 克　白砂糖：50 克　蜂蜜：10 克

【做法】

1. 使用打蛋器低速打断蛋清，加入白砂糖和蜂蜜，低速打匀。这一步骤只要均匀混合，糖分融化就可以，不需要打发，以免进入太多空气。

2. 制作焦黄油，这是这道甜点最难也是最关键的步骤。黄油全部放入奶锅中，以最小火加热黄油，直到黄油煮沸。

3. 判断黄油煮沸至可用的标准是表面浮沫微微变成浅茶色，黄油颜色变成深褐而澄清，同时黄油散发出如榛果的浓香，立即关火，把奶锅连同

  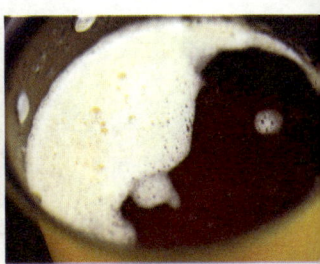

焦黄油一同放入冷水容器，隔水降至室温，备用。

4. 将低筋粉、杏仁粉、玉米淀粉、泡打粉混合过筛。

5. 加入到蛋清液中，用手抽搅拌均匀，这一步骤不要使用打蛋器，避免打发上劲。

6. 将降温的焦黄油过滤掉熬制过程中的油渣，加入面糊，继续使用手抽，轻轻搅拌均匀，成稀状的面糊。

 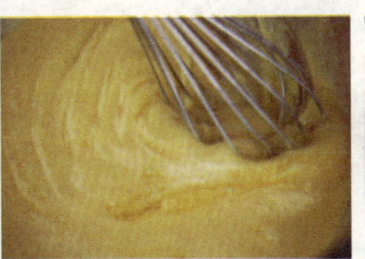 

7. 费南雪模具用羊毛刷蘸乳化黄油薄薄刷上一层，切记脱模关键是边角连接处。

8. 将面糊装入裱花袋中，挤入刷好黄油的费南雪模具中，九分满即止。

9. 将新鲜覆盆子从中间一切为二，小心放置在面糊中心位置，轻放表面即可，忌用手按压，因为重力作用，果瓣会自然下沉与表面齐平。

10. 烤箱预热220℃烤13分钟，至表面烘烤出深焦黄色，从烤箱中取出，冷却脱模。

【Ray's Tips】

1. 焦黄油是这道西点的灵魂，熬制的时候一定要用最低火，锅具必须干爽无水分，然而黄油在熬制过程中还是会出现炸锅的情况，要注意安全操作。

2. 当黄油表面的浮沫开始出现茶色时，可以暂停加热，将锅移出受热点进一步观察熬制进程。

3. 当焦黄油熬制到尾声，黄油会散发出一股香浓妙不可言的坚果香气，这时候要迅速关火离开受热点，进行隔水降温，不要过度加热。

4. 焦黄油的温度必须降至室温后，方可使用。

5. 关于费南雪的颜色：费南雪的成品应该是一种偏深的焦黄色，丽兹的西点老师说，这种颜色可能大多数人会有疑问，是不是有点烤焦了？但是这才是费南雪真正的颜色。烤箱预热220℃烤13分钟，中层上下火，我实践中刚好一步到位，但是仍然建议在试烤制的最后几分钟，要密切地观察，时间应该根据烤箱进行调整，只要上色程度一达到，就马上关火出炉。

6. 关于糖分：Ecole Ritz Escoffie 的正宗标准其实远远大于50克，但从我个人感觉中国人普遍觉得过甜；我在反复实践中减至50克，也不宜过少，毕竟是甜点，需要平衡口感，最后我创意加入了少量蜂蜜，成品微甜，配合覆盆子的酸度相当适宜。我喜欢清甜的口感，在甜点实践中，始终致力于减糖方案。如果确实喜欢更甜口感，我实践后的建议是把糖分控制在60克，不超过80克为佳。

如果你相信七夕是一个与爱相关的节日，那么，七夕节快乐。爱的全部可能，是相信。在此，Olivia 和 Ray 谢谢热爱四时五味入口的所有亲朋好友，谢谢爱我们，以及我们爱的人。

无论爱在何时、何地，谢谢爱和爱过。

我们始终相信积极的人生，就是不再等待；这是我们之所以动笔与动手的一切源起。而幸福的人生，是不需要等待的。

祝福七夕，所有相思的都能相见，所有想念的都在身边。

○

中秋

所谓圆满
就是一次完整的历程

意式经典甜点
月光组曲·马卡龙

## ◌ 所谓圆满 就是一次完整的历程

唐太宗天宝三年（744年）的夏天，长安城当红得如日中天的大诗人李白去了趟东都洛阳。他本来是想去访道求仙的，不料刚到洛阳，就遇到心怀坎壈、际遇蹭蹬的杜甫。中国文学史上最伟大的两位诗人一见如故也相见恨晚，李白把求仙的事儿也先搁了，最后和杜甫约定，秋游梁宋（今河南商丘一带），访名山求仙。

求仙是李白的志向。杜甫在那个年纪还壮志未酬、一心入世，但与这样难得的人一同秋游，自然要如期而至。到了梁宋，李杜没有遇见神仙，不过不虚此行的是，他们遇见了另一位伟大的诗人高适——是时高适已经写下"杀气三时作阵云，寒声一夜传刁斗"的《燕歌行》。想象一下，那个中国文学史上黄金般珍贵的秋天，三个正值盛年的诗人志趣相投，锦心绣口，纵论天下。

虽然无法严格考证，不过有后人认为就是那个中秋，李白写就了千古咏月杰作《把酒问月》。

> 青天有月来几时？我今停杯一问之。
> 
> 人攀明月不可得，月行却与人相随。
> 
> 皎如飞镜临丹阙，绿烟灭尽清辉发。
> 
> 但见宵从海上来，宁知晓向云间没。
> 
> 白兔捣药秋复春，嫦娥孤栖与谁邻？
> 
> 今人不见古时月，今月曾经照古人。
> 
> 古人今人若流水，共看明月皆如此。
> 
> 唯愿当歌对酒时，月光长照金樽里。

明月缺圆几度，世间寒暑轮回。李白停在手里的那杯酒，相隔三百三十多个中秋，酒气溢漾在苏轼手中。

宋神宗熙宁九年（1076年），在离李白杜甫共度中秋的梁宋大约580多千米外的密州，"老夫聊发少年狂"的苏轼一唱三叹出那阕如今堪称全球华人中秋怀古主旋律的《水调歌头·明月几时有》。

> 明月几时有？把酒问青天。不知天上宫阙，今夕是何年。我欲乘风归去，又恐琼楼玉宇，高处不胜寒。起舞弄清影，何似在人间？
> 
> 转朱阁，低绮户，照无眠。不应有恨，何事长向别时圆？人有悲欢离合，月有阴晴圆缺，此事古难全。但愿人长久，千里共婵娟。

我是多么愿意化身成杯中物，随酒入豪肠，七分酿成月光，绣口一吐从天宝到熙宁，从梁宋到密州，红尘嚣闹不及绝句脱口而出的回响。

悠悠万世，明月圆缺往复，多少人间兴叹，向月而生。李白"青天有月来几时"的举头一问，苏轼"明月几时有？把酒问青天"的尽兴思量，同样神往，世代交驰。

"今人不见古时月，今月曾经照古人。古人今人若流水，共看明月皆如此。"以重复错综，以回环互文。

古人今人何止恒河沙数，只如逝水，然而所见明月亘古如斯——是谢庄的"美人迈兮音尘阙，隔千里兮共明月"，是张九龄的"海上升明月，天涯共此时"，是辛弃疾的"若得长圆如此夜，人情未必看承别"。

744年的仲秋是李白一生中特别美好的一季。在与杜甫、高适畅谈挥别后，他只身上了齐州紫极宫，道长高如贵为他授"道箓"，他以道教仪式，成为道士。他向仙求道的心愿，在这年月圆后，得到了一段完满。

其实，何必中秋。

月行一轮，自牙牙至团圆，再至形销，人间一月复一月。月月有圆月。所谓圆满，就是一次完整的历程罢了。

## ○ 意式经典甜点　月光组曲·马卡龙

"马卡龙",既没有马,也没有龙。

Macaron 一词是法语,音译为"马卡龙",是目前全球最经典的法式甜点(没有之一)。但实际上"马卡龙"是意大利人发明的。

最初是意大利的一些修女,用鸡蛋清和杏仁粉烘制的一种圆形如满月般的蛋白杏仁饼干。这款饼干也被教会信众们喜爱,修女们就以意大利语称这款饼干为 Maccarone,意思是"精致的面团"。这也就是今天"马卡龙"的雏形。

十六世纪中叶,佛罗伦萨的贵族凯塞琳·梅迪奇嫁给法国国王亨利二世。虽然身处王室,但远嫁他乡的王后患上了思乡病。随王后到法国的家乡厨师,为了宽慰王后,做出在家乡流行的"马卡龙"饼干来取悦王后,从此这种意大利式小甜点在法国流传开来。

四时五味入口主理人 Ray 在精进研修法餐的过程中,也钻研了"马卡龙"的意式经典做法,还专程将食材调配料带回国,历经数月,反复优化练习。

中秋,Ray 完成了一套"月光组曲",由色彩渐变比拟月缺月圆,夜色层染。

跨洋的甜点内心,一样装满相望相思。

【食材】

杏仁粉：83 克　糖粉：83 克　蛋清：30 克

食用色素：少许　细砂糖：83 克　水：20 毫升　蛋清：30 克

【做法】

1. 杏仁 T.P.T：将杏仁粉和糖粉过筛，加入 30 克蛋清混合，调入食用色素后备用。

杏仁 T.P.T 就是杏仁粉与糖粉以 1:1 的比例混合，T.P.T 是法文"一比一"Tant pur Tant 的缩写，也可以理解为是英文 Tant pour Tant。在西点中，凡是某某 T.P.T，可以直接反应出某某以 1:1 比例混合糖粉。

2. 蛋清打发到干性状态备用。

3. 熬制糖浆：细砂糖加水煮至 118℃。

4. 将糖浆慢慢倒入打发好的蛋清中，连续打发至 50℃。混合好的蛋白分

三次加入 T.P.T 中,搅拌均匀成柔软的糊状。

5. 用裱花袋用力均匀地在硅胶垫上挤出直径约 3.5 厘米的圆形。

6. 风干 30 分钟至表皮不粘手,移入预热 160℃的烤箱;先放入烤箱上层烘烤 18 分钟后,再移到烤箱下层烘烤 5 分钟。

7. 出炉后冷却,先取大小形状一致的两个壳,中间夹入制作好的马卡龙馅料。

## 月光组合·马卡龙（六色组合）

○ 黑色 - 抹茶

奶油奶酪（75克）+黄油（40克）+糖粉（15克）+抹茶粉（10克）

○ 黑灰 - 椰香

白巧克力（50克）+鲜奶油（50克）+香草（0.5支）+椰蓉（50克）

○ 深灰 - 玫瑰

香草奶油甘纳许（100克）+食用玫瑰花粉（10克）+食用玫瑰精露（2滴）

○ 中灰 - 香橙

橙汁（15克）+全蛋（20克）+砂糖（20克）+玉米淀粉（5克）+黄油（30克）

○ 浅灰 - 莓果

白巧克力（50克）+鲜奶油（30克）+奶油奶酪（20克）+冻干莓果粉（10克）

○ 白 - 巧克力

纯度64%黑巧克力（50克）+鲜奶油（20克）+牛奶（20克）+黄油（20克）

近些时间,喜欢宋祁的一首《浪淘沙近》:

少年不管,流光如箭,因循不觉韶光换。至如今,始惜月满、花满、酒满。

扁舟欲解垂杨岸,尚同欢宴,日斜歌阕将分散。倚兰桡,望水远、天远、人远。

宋祁,北宋才子,写下了那一句"红杏枝头春意闹"。"闹"字一出,宋词全卷尽可以静默。然而最近每每读他这一句"始惜月满、花满、酒满"而惊醒,少年的无所谓,现在有所谓。

Ray 用料理的方式创作了"月光组曲"。为了这个主题,她反复制作了很多次,直到中秋。当最后一炉马卡龙烘焙而成,最后一张照片拍摄完毕,我们都觉得其实所谓圆满,就是一次完整的历程罢了。

懂得珍惜圆满者,行得长远……

## 万圣节

相信
那些值得想念的灵魂
是甜的

创意美式甜品
无忧南瓜双派

## ○ 相信那些值得想念的灵魂是甜的

万圣节，其实是西方的一个宗教节日，它的英文全称是"All Hallows' Day"。Hallow，是"圣徒"的意思。基督公元纪年开始，也就是两千多年前，欧洲的基督教会把11月1日定为"天下圣徒之日"，所以也就是"All Hallows"。

在苏格兰和加拿大的某些地区，万圣节仍然被称为"All Hallows Mass"，意思是这一天要举行弥撒仪式（Mass）纪念所有的圣徒（Hallow）。

相传更早，大概在公元前五百年，居住在爱尔兰、苏格兰等地的凯尔特人开始过"万圣节前夜"。他们相信，故人的亡魂会在这一天回到故居，在活人身上找寻生灵，借此再生，而且这是人在死后能获得再生的唯一希望。而活着的人则惧怕死人的魂灵来夺生，于是人们在这一夜熄掉炉火、烛光，希望这样就可以让死人的魂灵无法找到活人。后来又把自己打扮成更邪恶的妖魔鬼怪的样子，希望能把死人的魂灵吓走。

后来在万圣节的传说中，又衍生出一个醉汉 Jack 的故事。说生性机智的 Jack，在万圣夜抓住了死神。他把死神吊在了树上，恐吓他永远不会释放他。诡诈的死神表示要和 Jack 谈条件，说如果可以放开他，会承诺赐 Jack 的灵魂永不会死去。

Jack 以为得到了永生的免死金牌，就不假思索地释放了死神。但没有想到的是，死神的许诺，只是让他的灵魂不会死去。这就意味着当他老去时，灵魂虽不会下地狱，也无法上天堂。于是 Jack 的老灵魂举着一个放在空心南瓜里的小灯笼，游荡在天地之间。于是万圣夜里的这个南瓜灯，就被叫作"Jack Lanterns"（杰克灯笼）。

古代凯尔特民族的"鬼节"，到了基督教时代，被教会改造成纪念所有圣徒先贤的"万圣节"。这种追求"政治正确"的节日，于是在民间留下一个复线并行的过法，就是在纪念圣徒的节日里，用一种童趣继续千百年来"闹鬼"的游戏。

"鬼"经不经得起闹，这个无从佐证。不过鼓起勇气敲开陌生人家门的孩子，从西方到东方，都会有糖吃。

## 创意美式甜品　无忧南瓜双派

派（Pie）是一种起源于欧洲的甜品。不过如今，像苹果派、万圣节的"南瓜派"已成为一种典型的美国食品，甚至可以算得上美国食品文化的一个代表。

在美国，甚至有句俗语"Like Apple Pies"（像"苹果派"一样），用来形容一切井然有序，可以安心放心。这句俗语其实是缘于美国在上世纪中，经济萧条，不少家庭物资匮乏，但是勤劳的母亲们为了让孩子们和全家人不必烦忧，就选用最常见的水果制作苹果派，放在餐桌上，保持西方家庭饮食中，甜品不可或缺的地位。即使简单却保持完整。因此，后来这句话就被美国人用来形容一切如常，井然有序。

这大概也是甜品在餐饮里的意义，就是"忘掉烦忧"。而和"苹果派"一样，对于美国家庭具有节日感的另一款"派"就是万圣节的"南瓜派"。

【派皮食材】

低筋粉:180克　白砂糖:45克　黄油(室温软化):80克　鸡蛋:2~3个

【南瓜馅食材】

南瓜:250克　淡奶油:100克　白砂糖:30克

鸡蛋:2~3个　装饰用南瓜片:100克

【做法】

○ 派皮制作

1. 低筋粉过筛后,将切成小块的黄油、白砂糖拌入,用手轻轻揉搓,将三种材料揉和,直至呈如粗玉米状粉质。

2. 加入鸡蛋,将粉揉成光滑的面团。

鸡蛋要逐步加入,加完一个再加一个,如果感觉过干可适量多加入一些蛋液，最后揉成的面团应该表面光滑、不粘手。

3. 揉好的面团分成均匀的 3~4 份，包上保鲜膜后放入冰箱冷藏 1 小时，备用。

○ 南瓜馅制作

1. 南瓜去皮、切成小块，上锅蒸熟，晾凉备用。

2. 把晾凉的南瓜块用勺子压碎，加入白砂糖、全蛋液和淡奶油，搅拌均匀成南瓜馅。

如果追求更加细腻的效果，可以用搅拌器操作，最后使用前再过筛除去南瓜粗纤维；

尽量选用水分较少的粉质南瓜，如果感觉南瓜馅水分过多，可以适量再多加一些蛋液，或者用小火加热一下馅料，最后的南瓜馅呈现凝乳状就可以了。

○ 南瓜派皮制作

1. 取出之前在冰箱中冷藏的派皮面团1个，擀成厚度约为0.3~0.5厘米的圆形面片。

面片要比6寸派盘的面积略大一些。另外需要注意的是，面团的厚度要尽量控制，太薄容易散开不易后续操作，太厚影响最后口感。

2. 擀好的面皮利用擀面杖的弧度轻卷起，转移到派盘中，面皮的边缘和

底部用手轻压并调整,使之紧贴在派盘表面。

3. 用叉子在饼皮底部扎出小孔,这是为了防止派皮烘烤时受热膨胀鼓起;然后用刮刀沿派盘边缘刮去多余的派皮;将南瓜馅倒入派盘中,8分满即可。

○ 南瓜派花形表皮制作

1. 这次制作的南瓜双派,分两种不同花形。一种是编织形。这种花形的表面装饰方法是取一个面团,擀成厚度约为 0.3~0.5 厘米的圆形面片,用刀分切成 1 厘米宽的小条。

2. 然后像编竹制品一样一条压一条;将派皮的花形制作出来后,小心放置在南瓜馅表面,然后用叉子在派盘边缘压一下,把上下层派皮压紧并去掉多余派皮,再用刮刀精修一下,使派皮边缘光滑。

3. 另一种派皮的花形表面装饰，是同心螺旋花形。用切好的薄南瓜片依次转圈排放，先排外围大圈，再排内层小圈，最后形成两个同心圆。

4. 两个派的花形表皮制作完成后，要在表层刷一层全蛋液。

5. 在同心螺旋花形的南瓜片上再撒一层白砂糖。

6. 烤箱预热200℃，烤制30分钟，至派皮表面呈浅焦色，微微鼓起即可。

我喜欢南瓜派的轻甜与绵密。在万圣节前夜,一个纪念值得想念的灵魂的节日。这样的节日,东西方都有。唯心的、感性的、抒情的节日。如果生命中有牵念的故人,逝者已矣,生者因着心里还有的想念而团聚。

看到一则科学新闻说:我们目前所见所认和所知的全部,大概只占宇宙的4%,而暗物质占了23%,还有73%是暗能量。也就是说,我们每天都与数倍、数十倍大于我们肉眼可见世界的那些"不可见的存在"在一起。突然觉得很玄妙。

想想那些"不可见的存在",可以寄托多少期待。

喜欢在一个期待灵魂回来的纪念日,有烤箱里出炉的甜品的热的香气。

生者谈谈生命与人间,孩子们在游戏,他们鼓起勇气敲开陌生人的家门。我们应该给孩子们糖果和甜品,因为这样有着人间烟火气的一夜,是多么生动美好。

## 感恩节

**担当盛情　匹配美意**
**不辜负自己**

一个人完成的火鸡盛宴
土豆芝士杯

## ○ 担当盛情　匹配美意　不辜负自己

感恩生命里所有容允我带着不安与不安分向前漫行的人。

感恩因时因事因地，或短或长互为命运的人。

感恩所有的爱、懂得与宽谅。

愿我能担当盛情、匹配美意，并且，不辜负自己。

想起少年的一句话："雨来淋雨，爱来大爱，活来快活！"

感恩节是别人的节日。喜欢的，是一个美好的名字：Thanksgiving Day。我们需要一个可以因节之名表达感恩的日子。

感恩节（Thanksgiving Day）是美国独创的一个古老节日，目前已经演进成美国阖家团聚的重要节日。

初时感恩节没有固定日期，由美国各州临时决定。直到美国独立后的1863年，林肯总统宣布感恩节为全国性节日。1941年，美国国会正式将每年11月的第四个星期四定为"感恩节"。感恩节假期一般会从星期四持续到星期天。

1620年,"五月花"号航船载着一百零二个英国清教徒抵达北美新大陆。原驻的印第安人在那一年的冬天给英国移民们送去了生活必需品,教会了他们狩猎、捕鱼和种植玉米、南瓜。在第二年的秋天,移民们获得了丰收。他们邀请了帮助过他们的九十位印第安人,共同欢聚一堂,这一天就是美国历史上的第一个"感恩节"。那一天,男性清教徒外出打猎捕捉火鸡,女人们则在家里用玉米、土豆、南瓜等做成美味佳肴,款待印第安朋友。就这样,白人和印第安人整整庆祝了三天。美国独立后,林肯总统宣布"感恩节"为全国性节日。随后又将这个节日确定在了每年11月的第四个星期四。

第一个感恩节的许多庆祝方式从此成为"感恩节"的经典范本,其中最显著的就是家家户户的火鸡盛宴。

## ○ 一个人完成的火鸡盛宴

8 公斤火鸡。72 小时解冻。

十余种辅料配方。10 小时腌渍。

4 小时烤制。2 小时醒肉。

四时五味入口主理人 Ray 一个人实现"感恩节烤火鸡盛宴"。

致敬与青春相伴十年的美剧《老友记》中每一个难忘的感恩节。

当我和 Olivia 在讨论"感恩节"的选题时,我们自然而然地都想到了美剧《老友记》。这部陪伴我们这一代人度过青春的经典作品里,主人公们在十年之间、十季之中,经历了各种命运,而每一年、每一季从来不变的主题就是"感恩节"。

我大学毕业一直在美国企业工作,也赴美学习、工作和短期生活过。我觉得如果将他们的圣诞节的地位类比成我们中国的春节,那么"感恩节"更像是中秋节之于我们的意义———个团圆的佳节。人们用特定的食物在这个节日里承载一种传统,归纳成情感,其实就是"不变"。

我们为什么要过节? Olivia 说:时间其实是从没有断点,是我们用一个个节日像"结绳记事"一般在从不间断的时间线上打点,是为了"记忆",是为了"不忘记"。而所有不想忘记的都是我们最浓的情义吧。

坦白地说,在此之前我并没有真正烤制过火鸡。对于这款食材,我的知识积淀是零。而我觉得需要在上手前理解透彻的是,烤制火鸡肉如何使之入味，如何保持最后的成品，肉质鲜美、咬口香嫩而不是又干又柴、皮糙肉厚。

于是我想到的第一个"老师"是《老友记》里的Monica——她在剧中的人物设定就是个厨师。虽然一直是胆量比技艺过硬，拿手不多，失手不少，但贯穿全剧，历时十年的十季，不变的永远是每年都有一集感恩节主题，老友们都团聚在Monica的厨房，吃着她持掌的年度大餐——而其中必不可少的，一定是烤火鸡。

自从决定烤一只火鸡，我就好像染上了Monica的强迫症，研究了很多达人食谱，学习了数部教学视频，还越洋请教了美国的同事们。原来在美国各个家庭，烤火鸡也是各有各的绝招妙手，有的家庭重在还原传统，有的家庭结合西餐其他食材的烤制方法创新改良，不尽相同。

经过反复学习、请教，我决定在综合这些基础上，存精去芜，改良思路，做一回四时五味入口的感恩节火鸡。

【做法】

1. 当然，首先你得有一只火鸡。

在苏州，几乎很少有家庭会自家烹制一整只火鸡。所以我跑遍园区若干个销售进口食品食材的超市都没有找到火鸡。最后还是在苏州的美国朋友告诉我，麦德龙有。

买到进口火鸡，是强冻型。因此自然解冻就是料理的第一步。是的，这需要——三天三夜。三天三夜后的三更半夜，冻火鸡终于化尽了最后一块冰碴。

这只火鸡重达8千克多，接近18磅！火鸡彻底解冻后，冲洗干净，用厨房纸把火鸡里外擦干水分——主食材就位。

2. 香料、香料、香料。

最传统的烤火鸡只是用盐和胡椒，现代的食谱越来越多地加入了各种香草料，西餐里的这些香草料相当于咱们的大料、桂皮，必不可少，它们在帮助鸡肉入味的同时，还能使鸡肉烤出特有的香味，并减少肉类带来的油腻

感，解决了难题。这次用到的香料有：迷迭香（Rosemary）、百里香（Thymus）、罗勒（Basil）、香叶（Bay Leaf）、欧芹（Parsley）。

3. 腌制。

① 把各种香料（迷迭香、百里香、罗勒、香叶、欧芹叶）和盐、黑胡椒粉、大蒜、黄油一起用搅拌器混合成调味料。

② 用手把火鸡的鸡皮和鸡肉分开，这一步一定要很小心，不要弄破鸡皮。

③ 把调料混合物塞入鸡皮与鸡肉的夹层，用手轻轻地涂抹表面使之分布均匀。

④ 再将调料混合物在火鸡胸腔和腹腔涂一层，最后把混合物涂在鸡皮表面。

⑤ 放入冰箱冷藏室 8 小时，使之入味；时间到后，将火鸡从冰箱中取出，室温放置 1 小时回温；将 2 个小洋葱、2 个蒜头、半个苹果、半个梨、1 个土豆切大块和 2 片陈皮、1 片香叶一起填入火鸡腹腔，用粗棉线将火鸡鸡腿关节处扎紧，鸡翅压到火鸡身下。

4. 烤火鸡我们是认真的。

传统的制作过程分成两大部分，一是烤制（根据火鸡的重量，约 3~4 小时），二是利用烤出的鸡汁再熬制与之相搭配的蘸酱（约 1 小时）。这次改良的方子，可以在烤制的同时一起制作蘸酱，不用等烤完再制作，这样不光是节省了时间，重要的是烤出来的鸡肉弹嫩充满肉汁，不干不柴。

① 烤盘中放切成大块的洋葱，连皮大蒜切半，胡萝卜切大滚刀块，欧芹切段垫在烤盘底部，取几根百里香、迷迭香整根放在中间，撒上盐和黑胡椒粉，倒入 100 毫升红酒；将火鸡移到烤盘中，小心放置在已经垫好的果蔬上，烤箱预热 180℃，先烤 2 小时。

② 2 小时后取出火鸡，这时表皮已经烤至浅黄色，把美式培根一片叠一片铺在火鸡背上，覆盖整个火鸡背部。

③ 将火鸡重新放入烤箱，继续烤制 1.5~2 小时。1.5 小时后用温度计插入火鸡腹腔进行测量，温度达到约 75℃ 说明火鸡已经里外全熟（温度计不要碰到骨头或者烤盘），如果温度没有达到，则再烤 30 分钟。

④ 烤制好后，让火鸡休息 1~3 小时，这是一个醒肉过程；经过醒肉后再食用的火鸡肉会更加细腻入味；在醒肉过程时，可以将烤盘中的汁倒

入一个小锅里加热煮开，添加盐和胡椒粉调味，过滤后就成为了火鸡肉的最佳伴侣鸡汁。

【Ray's Tips】

1. 冷冻火鸡需要在冰箱里解冻三天，一定要提前做好计划。

2. 烤火鸡和醒火鸡时间漫长，要一早就开始工作。

3. 火鸡肉可以做沙拉、鸡胸肉三明治、鸡汤面条等。

4. 火鸡里的土豆可以压碎，配合熬好的鸡汁，做成鸡汁土豆泥。

## ◦ 土豆芝士杯

【食材】

土豆：2个　青红黄椒：各1个　培根：2片　萨拉米：4片
马苏里拉芝士：1袋　美乃滋：1瓶

【做法】

1. 土豆洗净，连皮对半切开；放入蒸锅蒸40分钟后取出；用小勺在土豆中间挖一个小凹槽（切忌挖穿），在凹槽内撒上马苏里拉芝士和美乃滋，然后用刚才挖出来的土豆泥抹平表面。

2. 培根煎熟后切碎，青红黄椒切小粒；在土豆表面先放一片萨拉米肠，然后撒上青红椒、培根碎，铺满表面；最后撒上满满的马苏里拉芝士。

3. 烤箱预热170℃，烤15分钟至表面芝士熔化即可。

很快的，这一年就要过去了。

感恩节之际，Ray 和 Olivia 感谢一路上陪伴的人。大音希声，大象无形，大爱沉默。沉默的意义，是完整的信任和完全的托付。

我问 Olivia，最亲的关系是什么。

——心心相印？每颗心其实都深藏不露，即使赤祖相对的身体也无法相互映照彼此内心。

——两肋插刀？草莽的血气而已。早已不是冷兵器时代了，再忠义的保护，在枪林弹雨中也只堪一次舍命。

我们想最珍贵的关联应该是——肝胆相照。

科学会冷静地告诉我们，胆汁巨苦，但它是人类生命进化中消化能量与代谢解毒最有本事的本能。胆汁是肝脏生产的，胆的意义多在贮存，兢兢业业，点滴不漏。肝胆终生都不会互予甜蜜，但它们从来不会因为辛苦而离弃。

当承担辛苦成为存在的本分——这是最大义的承担、最慈悲的陪伴，是进化中最紧密的担当。

我们相信感恩是能够担当盛情，匹配美意，不辜负自己的。

感恩所有的爱和陪伴。

## 圣诞节

神不为许你
而与你为伴

圣诞节经典甜品
雪顶姜饼小屋

## 神不为许你　而与你为伴

神未曾许你，这一世天色常蓝，人生役路如旅，花香弥漫；

神未曾许你，常晴无雨，永遇乐，不悲伤，平安无虞；

神未曾许你，不遭离恨枉苦，懊恼忧虑；

神未曾许你，不负千险万难，不为事事纷烦劳碌。

神许你一生：来这世上，生活有力、行路有光亮、作工得息、试炼得恩助、危难有依赖无限的体谅、不尽的爱。

神不为许你，才与你为伴。

小时候爸爸给我讲过一个故事。

神在将一个孩子送往人间的时候对他说：我会一直在你身边，无论路途艰辛遥远。孩子一路成长，回首处也确实总有神迹左右相伴；然而，漫漫人生路总非平坦，等到跌宕跋涉处，孩子再看，这一路上只有一行足迹，深深浅浅。

孩子于是难过地想：可见天涯孤旅，神也不助。

等这个孩子老了，又回到神的面前，他问：为什么每当艰难时，你总是舍我而去？

神说：孩子啊，你知道吗？每每你看到一双足印的地方，都是我在背你走过啊！

圣诞，是为了让你相信，天地间，你不是孤独的存在。

## 圣诞老人是谁

我想没有人不知道，圣诞节不是圣诞老人的生日。

但是圣诞老人是谁，很多人并不知道。

好吧。我们熟悉的面容和蔼的红衣老人形象是可口可乐公司创造的，而那身红衣的标准色值，正是可口可乐红。

圣诞老人（Santa Claus）的原型是圣徒尼古拉斯。他生前曾是土耳其的一名主教，不过被追认为圣徒是在他去世了一千五百年以后，并且最终他的故乡都从亚欧之间被迁往了北极圈。

出生于土耳其潘特拉的尼古拉斯，出生在270年，死于345年12月6日。他生前是一名资深主教，并参与了基督教《新约》的撰写。在他死后七百多年后，一批崇拜他的水手将他的遗骨从土耳其运至意大利。每年12月6日，为了纪念尼古拉斯的逝世，意大利人开始举行集会。

因为临近新年,这个集会的气氛渐渐变成祝福与许愿的美好集会,人们开始互赠礼物,祈愿美好。

于是在慢慢传播中,包括非基督教徒的北欧凯尔特等民族都开始在这一天举行节日般的聚会。他们原本最崇拜的神是奥丁。在传说中,奥丁有着长长的白胡子,骑着白马在晚间穿行于天堂与人间。于是,基督教圣徒尼古拉斯与非基督教的大神奥丁,在人们对美好新年的向往与祈愿中慢慢融合成一个全新的形象,尼古拉斯开始长出奥丁的白色长须,骑着飞马,往来人间分发礼物。

为了让北欧的非基督教徒们皈依,教会决定将为纪念尼古拉斯而举行的聚会,与传说中的耶稣基督的生日12月25日合一。

到了十九世纪初,美国小说家华盛顿·欧文首次使用圣徒尼古拉斯的荷兰语名字 Santa Claus 来称呼这个每年圣诞节零点骑着飞马给人间分发礼物的白胡子老头。而这篇小说发表后的二十年,纽约协和神学院教授克莱蒙特·摩尔博士又在赞美诗中创造了圣诞老人与八只驯鹿从烟囱降临的故事。

到了十九世纪80年代,巴伐利亚插画家托马斯·拿斯特首先完成了对圣诞老人现代形象的描绘。他为《哈泼周刊》连载绘制了二千二百个圣诞老人的卡通形象。

在拿斯特笔下,圣诞老人在北极圈安了家,他有一个准备礼物的工作室,同时有一份全世界好孩子、坏孩子的名单。因为这个卡通形象,圣诞老人开始成为欧美基督教家庭的孩子们童年睡前故事里的慈祥老人。而这个圣诞老人,离我们今天看到的,也就只差一身红衣了。

1931年,可口可乐公司选中了托马斯·拿斯特的圣诞老人卡通故事为蓝本,找到瑞典商业艺术家哈顿·珊布,让他创造一个喝可乐的圣诞老人形象。

珊布在寻找灵感时,请他好友罗·普兰蒂斯喝可乐。他看着长了一张快乐的胖胖的圆脸的老友,顿时找到了创作思路,他当场根据普兰蒂斯的样貌,画出一个身着可口可乐红色皮毛大衣的快乐胖爷爷形象。

圣诞老人就这样诞生了。

这是一个基督教改革者、非基督教神祇和商业广告的共同创造。

## 圣诞节经典甜品　雪顶姜饼小屋

姜饼的英文有两种，一种是 Gingersnap，从字面就很好理解，是含有姜味的薄饼；而另一种说法来自德语，叫 Lebkuchen，是指一种小酥饼。

姜饼，通常用姜、面粉、蜂蜜、红糖、杏仁、蜜饯果皮及香辛料制成，是最早出现在古罗马帝国时代的一种小点心。到了中世纪时，因为姜饼能保存很久，许多年轻女孩会把装饰过的姜饼，甚至是用真的金子装饰过的姜饼，赠送给骑士们。

慢慢地，这种类似送情郎的小点心，变成了祈求爱情的象征。姜饼小人也变成了有男生、女生的形状。女皇伊丽莎白一世甚至要求烘焙师根据她的肖像烤制姜饼。

圣诞节前身的圣·尼古拉斯日，姜饼成为主教和教徒们赠送给孩子们的小礼物。随着圣·尼古拉斯日渐渐成为圣诞节，姜饼也成为节日装点餐桌的重要部分，并在圣诞老人形象出现后，姜饼系列中还衍生出了雪顶的姜饼小屋等童话素材。

【食材】

○ 曲奇饼干坯

低筋粉：200 克　无盐黄油：50 克　细砂糖：30 克　牛奶：15 毫升

可可粉：10 克

○ 糖霜

糖粉：100 克　可可粉：2 克　红、绿色素：少许

○ 模型

树状、男生形、女生形、自制姜饼屋纸模

【做法】

○ 姜饼小屋

1. 黄油室温融化,用搅拌器打至发白。

2. 加入细砂糖,打至羽毛状后筛入低筋粉,加牛奶,再用刮刀由下至上翻拌均匀。

3. 用手揉成光滑的面团,然后平均分成三份,其中一份制作姜饼小屋,另外两份用来制作曲奇小人和圣诞树;面团一份加可可粉,揉成可可面团;三个面团用保鲜膜包好,放入冰箱中冷藏1小时后待用。

4. 取出两份面团,一份原味,一份可可味,用擀面杖压成3~5毫米均匀厚度,用树状、男生形、女生形的模具压出饼干坯形状。

5. 姜饼小屋的饼干胚体可以按照纸模尺寸,一一制作出每一个部位的形状。

6. 烤箱预热在170℃;烤盘中铺上锡纸,把各式饼干胚依次放入,然后

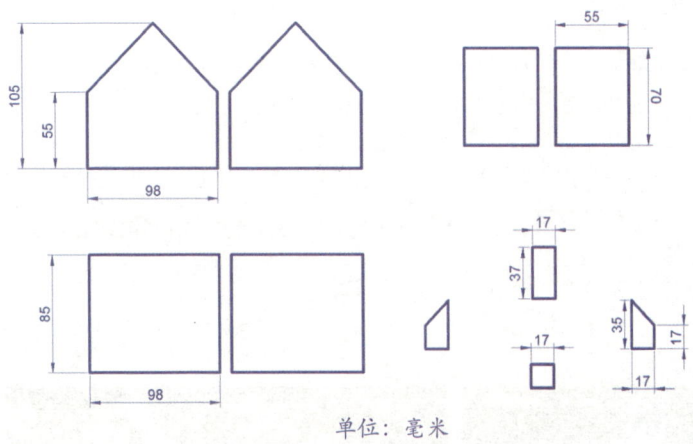

单位:毫米

在表面刷一层蛋液；放入烤箱烤 20 分钟即成。

○ 糖霜制作

1. 小碗中放入糖粉，加 5 毫升水，用小叉充分搅拌，可适当补充一点水，直至糖霜调整成细致糊状，用小叉拉起呈现缓缓滴落丝滑的线条为最佳状态。

2. 分别取三份 10 克糖霜，制作三色糖衣：可可糖衣、圣诞红糖衣和植物绿糖衣，然后分别放入裱花袋，按照自己的设计，将颜色装点在冷却好的饼干坯上，干燥至完全凝固即可。

○ 姜饼雪顶小屋构建

1. 在姜饼小屋的四面"墙"的组件的边缘涂上糖霜，搭起小屋的形状，然后搭屋顶和烟囱。

2. 每一步都要等到彻底干透, 再进行下一步。

3. 最后把糖霜挤在屋顶上象征冬雪自然堆积。

大概十年前,我收到远方朋友发来的一篇文章,他告诉我这是一位名叫 Alfred D'Souza 的神父写的劝解词。

我当时翻译了这篇文字。送给《四时五味入口》的所有读者。

## Happiness Is A Journey
## 幸福是一种度过

For a long time it seemed to me that life was about to begin, real life.

很长一段时间我总觉得生命慎始。

But, there was always some obstacle in the way, something to be gotten through first, some unfinished business, time still to be served or a debt to be paid. Then life would begin.

但是得时无待，时不再来。生命无关途中际遇，兀自向前。

At last it dawned on me that there is no way to happiness. Happiness is the way.

到底明白，幸福不在终点，幸福就是此生此路。

So treasure every moment that you have and treasure it more because you share it with someone special, someone special enough to spend your time with.

珍视每一寸光阴，珍视每一个共同度过的人。相信同伴就是一种珍贵。

Make the most of your time. Don't waste too much of your time studying, working, or stressing about something that seems important.

惜时如金，莫要浪费挥霍。

Do what you want to do to be happy but also do what you can to make the people you care about happy. Remember that time waits for no one.

时不我待，请怀着幸福感认真地为人处事。

So stop waiting until you take your last test, until you finnish school, until you go back to school, until you have the perfect body, the perfect car, or whatever other perfect thing you desire.

完成与完整人生必经的学业、事业的历程，所有欲求，都在实践。

Stop waiting until the weekend, when you can party or let loose, until summer, spring, fall or winter, until you find the right person and get married, until you die, until your born again, to decide that there is no better time than right now to be happy.

明白幸福不在眼前，幸福就在脚下。何必等待"更好"的下一次，一切幸福都"正好"在此时。

Happiness is a journey, not a destination.

幸福不在彼岸，幸福就是一种度过。

So love like you have never been hurt, work like you don't need the money, and dance like no one's watching.

去爱吧，就像从没有受伤过。起舞吧，从心所愿。

By Father Alfred D'Souza

365 · 二十四食记增补篇

○ 作者简介

徐李佳 ——— Olivia

"四时五味入口"主笔人。作家,江苏省作协会员,资深媒体人、广告人。曾就职于苏州广电总台、中央电视台,从事新闻采编和广播电视策划10年,获国家、省、市级新闻传播奖项21项,苏州首届十佳记者;后转入商业广告策略与创意行业,服务企业90余家,创意策划项目112项,获专业奖项9项。近年参与影视剧文学策划与写作,参创电视剧《男人的战争》《零下三十八度》等。出版个人作品集《上帝想看电影了》。

任志莉 ——— Ray

"四时五味入口"主理人。资深人力资源管理师,法国巴黎丽兹埃科菲厨师学校法餐进修。20年外企从业资历,其间任多家世界500强企业人力资源高管。因工作派驻世界各地,足迹遍及美洲、欧洲、澳洲和东亚、东南亚。酷爱美食料理,自学和求学中式面点、西式烘培、传统佳肴、米其林菜式,不拘一格。

王克 ——— Oliver

"四时五味入口"摄影。业余摄影家,外企实验室高管。钻研摄影10余年,游历世界各地,擅长风景、人物拍摄,累计拍摄照片20余万张,屡获摄影奖项。2016年起,应邀为"四时五味入口"进行美食拍摄。

选题策划：肯特文化
出版统筹：柯利明　林苑中
特约监制：郭凤岭
责任编辑：龚　将　夏应鹏
特约编辑：杨　洋　聂福荣
特约校对：马竟芳
营销统筹：刘　源
责任印制：法成海
封面设计：李　琳
版式制作：吴　倩